UnRead
—
文艺家

新来的男孩

[美]特蕾西·雪佛兰———— 著

高翔———— 译

New
Boy

Hogarth
Shakespeare
-
Tracy
Chevalier
-
Othello

Beijing United Publishing Co.,Ltd.
北京联合出版公司

第一部分

上学前

—

冰激凌苏打，樱桃上面撒，
谁是你的心上人，快点告诉我吧！

　　迪伊比所有人都先注意到他。为此，她高兴了好一会儿。这种感觉有点特别：有那么几秒钟，他只属于她。紧接着，他们周围的世界仿佛跃动起来，这一天里再也没有停下来过。

　　上课前的操场很热闹，很多同学都提前到了学校，有的已经开始玩抛接游戏了，有的则在踢球，还有的在玩跳房子游戏，等上课铃声响了可就玩不了这些啦。不过，迪伊今天倒是没有早到。早上出门前，妈妈让迪伊上楼换件宽松的上衣，说她把鸡蛋沾到衣服上了，尽管迪伊自己并没有在衣服上看见任何蛋黄的痕迹。因为出门晚了，迪伊不得不在上学路上小跑了一段，一路上，她的辫子不停地打在自己的后背上，直到碰到同样朝学校走去的同学才让她放下心来，确信自己没有迟到。在第一次铃响前一分钟，迪伊终于赶到了操场。

　　迪伊已经来不及加入她最好的朋友咪咪和其他女生正在玩的跳双绳游戏了，于是，她朝通往教学楼的操场大门走去，布拉班特先生和其他老师已经在那里等着同学们按班级顺序排队了。布拉班特先生站得笔直，留着一头棱角分明的中分短发。有人曾经跟迪伊说，布拉班特先生参加过越战。迪伊并不是班里最优秀的学生——这个荣誉属于"一本正经的帕蒂"——但是，迪伊乐意找机会取悦布拉班特先生，让他注意到自己，尽管她知道自己有时被大家称为"老师的乖宝宝"。

迪伊站到了队伍的最前面，朝四周看去，她的目光落到了还在一旁跳双绳的女孩子们身上。然后，迪伊发现那个男孩静静地待在旋转木马旁。四个男孩正在玩旋转木马，伊恩、罗德和两个四年级的男生。他们转得太快了，迪伊确信很快就会有老师来阻止他们继续这么玩下去——曾经，有个男孩被甩了下来，摔断了胳膊。那两个四年级的男生看起来有点害怕，但他们控制不住旋转木马，因为伊恩正老练地踢着地面，让它始终保持着高速旋转。

和其他穿着牛仔裤、T恤衫还有运动鞋的男生不同，疯狂旋转木马旁边的那个男孩穿着灰色喇叭裤、白色短袖衬衫和一双黑色的鞋子，就像某个私立学校的校服一样。但最特别的却是他的皮肤，他的肤色让迪伊想起了几个月前，学校组织学生们去动物园实地考察时，他们看见的熊：尽管被称作"黑熊"，但它们的皮毛实际上却是深棕色的，毛尖上还有一抹红。它们大部分时间都在睡觉，或是闻一闻饲养员为它们倒在围栏里的食物。只有当罗德为了吸引迪伊的注意力而朝它们扔去一根棍子时，才有一只黑熊有所反应，露出黄色的獠牙，大声咆哮着。同学们又是尖叫又是大笑，但迪伊没有反应，她朝罗德皱了下眉头就转身走开了。

新来的男孩没在看旋转木马，而是在研究"L"形的教学楼。这是一所典型的郊区小学，建于八年前，看起来就像两个由红砖砌成的鞋盒被生硬地挤在了一起。迪伊开始读幼儿园的时候，这里还有点新房子的味道。但是现在，它就像一条穿了很多次的裙子，这里撕破了，那里留了渍，下摆处还有已经脱落的印迹。她熟悉这里的每一间教室、每一段楼梯、每一道扶栏和每一个卫生间。同样，她也熟知这片操场的每一寸土地，正如她熟知教学楼另一边那个低年级学生所使用的操场一样。她曾经从秋千上掉下来过，在滑梯上扯破过紧身裤，也曾因为太害怕，不敢从攀登架上爬下来而被困在上面。曾经，她宣布，操场的一半是"女生小镇"，并且和咪咪、布兰卡、詹妮弗一起，把任何胆敢越界的男孩子赶走。曾经，她和同学们一起躲在体育馆入口处的角落里——值周老师注意不到那个角落——试着涂口红、看漫画书、玩转瓶子游戏。她在操场上度过了自己的小学时代，欢笑过、哭泣过、怦然心动过、建立过友谊，亦树立过敌人。这是她的世界，对她来说，一切熟悉得如此理所当然。一个月后，她就要离开这里去上初中了。

现在，某个与众不同的新人闯入了这片疆域，这让迪伊得以重新看待这里。她突然发现这里很破旧，而自己是身在其中的一个陌生人，就像他一样。

他现在走动起来了，步态不似熊那般笨拙迟缓，反而更像一匹狼，或者——迪伊试图想象出一只毛色发暗的动物——一只黑豹。她先想到的是家猫的样子，然后把它放大了好几倍。不管他此时正在想什么——或许他在想，自己作为一个新人，出现在了充满与自己肤色完全不同的陌生人的操场上——他朝校门口走去。老师们正在那儿等着他，潜意识里他们都很确信，总有人知道他的身体是如何运转的。迪伊感到胸口一紧，不禁吸了一口气。

"噢，噢，"布拉班特先生说道，"我想我听到了鼓声。"

站在他身边的是另一名六年级老师——洛德小姐窃笑道："杜克夫人说这个男孩是从哪儿来的？"

"我想是几内亚，还是尼日利亚？总之是非洲啦。"

"他是你班上的对吧？最好是你班的，别是我班上的。"洛德小姐整理了一下裙子，又摸了摸耳环，可能是为了确保它们都还在。这是她紧张时经常重复的一个动作。她的外貌保持得优雅整洁，除了波波头里翘起来的几束短而卷曲的金发。今天，她穿了一条柠檬绿的裙子和一件黄色衬衫，耳朵上还挂着一对环形耳环。她的鞋子也是绿色的，低方跟。迪伊和她的朋友们很喜欢讨论洛德小姐的着装。她是个年轻老师，但是她的衣服却和学生们那些又粉又白的 T 恤、褶边绣着花的喇叭牛仔裤完全不同。

布拉班特先生耸肩道："我倒不觉得会有什么问题。"

"是的，当然不会有问题了。"洛德小姐一直用她那双蓝色的大眼睛盯着自己的同事，仿佛不想错过一丝一毫能帮她成为更好的老师的教学智慧，"您觉得我们是不是应该……呃，跟学生们说一些关于他的事情？关于……我也说不好……关于他**和别人不一样**？鼓励同学们欢迎他？"

布拉班特先生哼了一声："收起你的小心谨慎吧，黛安，就因为他是黑……一个新生，也不需要因此受到特殊对待。"

"是的，但是……当然，确实不需要。"洛德小姐的眼眶湿润了。咪咪跟迪伊说过，有一两次他们的老师真的在课堂上哭了。学生们背地里称她为"爱哭鬼洛蒂"。

布拉班特先生的目光落在了在他前面等着的迪伊身上，他清了清嗓子。"迪伊，去把其他女生召集起来。"他指了指跳双绳的女生们，"告诉她们，如果在第一声铃声响起后还在跳，我就把绳子没收了。"

布拉班特先生是学校里为数不多的几个男老师之一。尽管老师的性别本不应该会有什么影响，但迪伊总觉得这让布拉班特先生成了那种你永远会遵从的老师，那种你一旦有机会，就想让自己给他留下印象的老师——就像她对自己父亲的感觉那样，每次父亲下班回家，她总是想取悦他。

她赶忙向正在跳双绳的女孩子们跑去。她们正用两根粗粗的绳子击打着混凝土地面，一边唱着歌谣，一边轮流跳绳。迪伊犹豫了一会儿，因为现在正轮到布兰卡跳。她是迄今为止学校里跳双绳跳得最好的人，绳子落下来的时候，她跳得特别敏捷，以至于能跳上好几分钟都不被绊倒。选歌谣和跳法时，其他女孩子都想挑一些能让布兰卡把别人喊进来一起跳或者是能把她自己送出去的歌。布兰卡当然想要待在里面一直跳，今天早上，她成功地让她们唱道：

冰激凌苏打，樱桃上面撒，
谁是你的心上人，快点告诉我吧！
是 A，是 B，是 C，是 D……

如果正在跳绳的女孩子没有在念到字母时被绊住，她们就会继续念从一到二十的数字，然后是她们最爱的各种颜色。布兰卡现在正跳到颜色环节，她那长长的黑色鬈发上下翻飞，尽管穿着厚底凉鞋，双脚却依然灵敏地移动着。迪伊永远也没法穿着这种鞋子跳绳，她更偏爱她的白色匡威，这双她竭尽所能保持干净的运动鞋。

迪伊朝正在抡绳的咪咪走去。

"这是她第二轮跳到颜色了，"咪咪嘀咕道，"炫耀。"

"布拉班特先生说，如果你们现在不停下来，他就要把双绳没收了。"迪伊转述道。

"很好。"咪咪放下双手，她这头的绳子松了下去，而另一个抡绳的女生又继续抡了几秒钟。布兰卡的双脚被绳子绊住了。

"你干吗停下来？"她噘着嘴质问道，"我差点被绊倒！还有，我本来可以跳回字母，然后就可以停在 C 了！"

迪伊和咪咪翻了个白眼儿，开始卷绳子。布兰卡正在疯狂迷恋卡斯珀，他是六年级中最受欢迎的男生。平心而论，他似乎也对她很着迷，尽管他们经常闹分手。

迪伊一直都很喜欢卡斯珀。不仅如此，他们都觉得彼此之间的感情比其他人来得更轻松，他们不需要特别努力来保持友谊或互相尊重。去年的时候，她想过该不该喜欢上他，甚至是更进一步——和他谈恋爱。卡斯珀有着一张迷人坦率的脸庞和一双让人安心的淡蓝色眼睛。然而，尽管那样做十分自然，但是她却没有那样看待过他。对于迪伊，他更像是一位兄长，他们参加相似的活动，努力向前而不是互相对视。对卡斯珀来说，和一个像布兰卡那样麻烦而有活力的人在一起似乎更合理。

"天哪，那是谁？"布兰卡喊道。尽管她在课堂上极少发言，但是，她在操场上总是很大声，一副满不在乎的样子。

迪伊不用看也知道，布兰卡是在说那个新来的男孩。"他来自尼日利亚。"她一边随口说道，一边把绳子卷在她的手肘和手掌中间。

"你怎么知道的？"咪咪问道。

"老师们说的。"

"一个黑人男孩，在我们学校……难以置信！"

"嘘……"迪伊试图阻止布兰卡，她有点尴尬，生怕那个男孩会听见。

迪伊把绳子夹在手臂下，同咪咪和布兰卡一起，朝正在排队的同学们走去。他们在布拉班特先生面前的空地上排队，由迪伊负责维持秩序——她知道，这让布兰卡感到嫉妒，正如她和咪咪的友谊一样。

"为什么她这么奇怪，你还那么喜欢她？"布兰卡曾经有一次说道。

"咪咪并不奇怪，"迪伊在那时捍卫了她的朋友，"她很……敏感。她能察觉到一些事情。"

当时，布兰卡耸耸肩并开始唱起《鳄鱼摇滚》[1]，以表明她俩的对话到此结束。三人行是一种微妙的关系：总有一个人感觉自己被忽视了。

肯定有个老师告诉了那个新来的男孩应该去哪里，所以他现在站到了布拉班特先生面前的那个队伍的末尾。布兰卡蓦地停下所有动作，显然是吃了一惊。"现在我们该怎么办？"她喊道。

迪伊犹豫了一下，然后向前迈了一步，排在了他身后。布兰卡紧跟了上去，大声地耳语道："你敢相信吗？他在我们班！我敢打赌你不敢碰他。"

---

[1] 《鳄鱼摇滚》（*Crocodile Rock*），英国摇滚唱作人艾尔顿·约翰（Elton John）的一首歌。

"别说了！"迪伊嘘了一声，希望他没有听到。她研究了他的背影。新来的男孩有着最优美的发型，光滑、平整，甚至连形状也很完美，就像用陶工的圆盘做出来的陶器一样。迪伊都想伸手把它捧在手心了。他的头发剪得很短，就像在蜿蜒的山脊上密集分布的森林那样——和时下流行的厚重爆炸头截然不同。当然，并不是说迪伊周围能见到什么爆炸头。迪伊所在的学校里没有黑人学生，郊区的邻居里也没有黑人居民，尽管到 1974 年，首都华盛顿的黑人人口已经多得让它被称为"巧克力之城"了。当她和家人去市中心时，她会看见顶着爆炸头的黑人男女；当她在咪咪家看《灵魂列车》这档电视节目时，她会伴着地、风与火乐队或是杰克逊五人组的音乐跳舞[1]。她从没在自己家里看过这些节目：她的母亲绝不会允许她看黑人在电视节目里又唱又跳。迪伊迷恋着杰梅因·杰克逊[2]，尽管她喜欢的是他那俏皮的露齿微笑，而不是他的爆炸头。她的朋友们都更喜欢小迈克尔[3]，对迪伊来说，这个选择似乎太显眼了一些。就好像要选学校里最帅气的男生去喜欢一样，这或许就是她为什么从来没有那样看待过卡斯珀——这也正是为什么布兰卡会如此喜欢卡斯珀。布兰卡永远在追求最显眼的选择。

"迪伊，今天由你来照看我们这位新来的男孩。"布拉班特先

---

[1] 地、风与火乐队（Earth, Wind and Fire）和杰克逊五人组（Jackson Five）均为 20 世纪 70 年代活跃于美国的黑人音乐团体。

[2] 杰克逊五人组成员之一。

[3] 即迈克尔·杰克逊（Michael Jackson），当时同为杰克逊五人组成员之一。

生站在队伍前端向她示意道，"带他去看看餐厅、音乐教室、卫生间。当他在课堂上不明白的时候，给他解释一下，好吗？"

布兰卡吸了口气并轻推了一下迪伊，后者红着脸点了点头。为什么布拉班特先生选了她？他是在因为某些事情惩罚她吗？迪伊从来都不需要惩罚。她的母亲确保了这不可能发生。

在迪伊周围，同学们正傻笑或窃窃私语着。

"**他**是从哪儿来的？"

"树林里！"

"嘿嘿嘿……啊，好痛！"

"别这么幼稚了。"

"可怜的迪伊，还要去照顾他！"

"为什么 B 先生选了她？一般来说是男生照顾男生的。"

"也许没有哪个男生愿意吧，我就不愿意。"

"我也不愿意！"

"是的，但是，迪伊可是 B 先生的乖宝宝——他知道她不会拒绝的。"

"有道理。"

"等一下——这是不是意味着那个男生要坐在我们的桌子边上？"

"哈哈！可怜的邓肯，你得和新来的男孩待在一起啦！还有帕蒂。"

"我会搬走的！"

"B 先生不会让你搬的。"

"我**会**的。"

"做梦吧，兄弟。"

新来的男孩朝他身后看了一眼。他的神情没有迪伊预想的那么警惕和谨慎，相反，却很坦率和热情。他的双眼是黑色的，仿佛闪烁的硬币，满眼好奇地凝视着她。他挑起眉毛，进而睁大双眼，迪伊感觉浑身有一阵电流穿过，这很像她有一次大着胆子去摸电网时的感觉。

她没有和他说话，而是点了点头。他也回应地点了点头，然后转身再次面向前方。他们排在队伍里，很安静，又有点害羞。迪伊朝四周望去，想看看是不是还有人在盯着他们看——每个人都在看他们。她把目光落在了学校对街的一幢房子上——实际上，那是卡斯珀家的房子——希望他们都会认为她正在想大千世界里更重要的事，而不是她面前的男孩——这个看起来仿佛触电般颤抖的男孩。

然后，她注意到了操场周围铁丝网围栏的一端站着的一位黑人妇女，她的一只手正攥着铁丝网网眼。尽管个子不高，但她头上用红黄相间的围巾包成的高耸头巾，让她看起来高了一些。她身着一条亮丽的长裙，裙子外面搭了一件灰色冬衣——尽管现在已经是温暖的五月初。她正看着他们。

"我妈妈认为我不知道该如何当一名新生。"

迪伊扭过头，诧异于他竟然说话了。如果她是新来的男孩，肯定一个字也不会说。"你以前也当过新生吗？"

"是的。六年来已经有三次了。这是我念的第四所学校。"

一直以来，迪伊都住在同一座房子里，在同一所学校念书，交往着相同的伙伴，她习惯了支撑着她做每件事的那种熟悉感，难以想象自己变成一名新人，在陌生的环境里——尽管几个月后，等她从小学升到初中，她就只认识四分之一的同级生了。虽然迪伊在很多方面都比学校里的同龄人成熟，而且她也准备好去一所新学校了。但是，一想到身边都是陌生人，迪伊有时就会感到一阵肚子疼。

咪咪站在旁边另一排六年级学生的队伍里，目瞪口呆地听着他们之间的对话。迪伊和咪咪几乎一直都是同班。但是，在小学的最后一年里，她们被分到了不同老师带的班级，迪伊因此不能和她最好的朋友整天黏在一起，只能在操场上玩的时候将就了。这让她感到很心痛。同时，这也意味着，和迪伊同班的布兰卡有机会接近迪伊了——正如她现在正在做的那样，一只手搭着迪伊的肩膀，整个人"挂"在迪伊身上，盯着新来的男孩。布兰卡一直很喜欢肢体接触，经常用手臂揽别人，摆弄朋友的头发，或是往她喜欢的男生身上蹭。

迪伊从布兰卡身上挣脱开，专心地和新来的男孩聊起来。"你来自尼日利亚，对吗？"她问道。迪伊急于想让男孩儿知道，自己已经对他有所了解。**你可能有着不一样的肤色**，她心想，但是我了解你。

男孩摇了摇头："我来自加纳。"

"噢。"除了确信加纳肯定是在非洲以外，迪伊对这个国家一无所知。他看起来还是很友善，但是脸上的表情已经凝固，没有刚才那么真诚了。迪伊下决心证明自己对非洲文化还是有点了解的，她继续说道，"你妈妈穿的是大喜吉装[1]吗？"她知道这个单词，因为她的嬉皮士婶婶送了她一条带有大喜吉装图案的裤子当

---

[1] 即黑人穿的颜色花哨的短袖套衫。

圣诞礼物。为了让姉姉高兴，迪伊在圣诞晚宴上穿着它，因此不得不承受母亲的皱眉和哥哥的嘲笑，她哥哥说，家里已经有桌布了，为什么还要再穿一条在身上呢？在那之后，迪伊就把那条裤子塞进了衣橱的最里面，再也没碰过。

"大喜吉装是非洲男性穿的上衣，"男孩说道，他本可以批评或是嘲笑她，但是他没有，而是一本正经地说，"或是美国黑人想要表达些什么的时候才会穿的衣服。"

迪伊点了点头，虽然她心里很好奇美国黑人想表达的到底是什么。"我记得杰克逊五人组在《灵魂列车》这档节目里穿过这个。"

男孩笑了笑："我想到的是马尔科姆·艾克斯[1]——他曾经穿过一次大喜吉装。"他现在看起来有点嘲笑她的意思。迪伊发现，自己并不介意这是否意味着他严肃而冷漠的神情消失了。

"我妈妈穿的是用肯特布做的裙子，"他继续说道，"这是产自我的祖国加纳的一种布料。"

"为什么她穿着冬天的外套？"

"除非我们在加纳，否则，即使外面很温暖，她也会觉得冷。"

"你也觉得冷吗？"

"不，我不觉得冷。"男孩用完整正式的语句回答了她，就像迪伊和同学们在每周一次的法语课上做的那样。他的口音没有美国味，尽管句子里有一些美语词组。他的发音里有一些英伦腔。迪伊的母亲喜欢看《楼上楼下》这部电视剧，他的口音听起来有点像电视剧里的那种腔调，尽管发音没有那么清晰高贵，而且又

[1] 马尔科姆·艾克斯（Malcolm X., 1925—1965），美国黑人民权运动领袖人物之一。

多了几分一听就知道来自非洲的韵律感。他那表意完整、毫无漏洞的句子，语调轻快的发言和饱满夸张的元音，都让迪伊想笑。但是她不想失礼。

"放学后她也会来接你吗？"她问道。除了开家长会，迪伊的妈妈从来不来学校，她不喜欢离开家里。

男孩笑了笑："我已经求她不要来了。我知道回家的路。"

迪伊也笑了笑："可能这样更好。只有在低年级操场玩的小孩子才会让爸妈接送上下学。"

第二声铃声响了。四年级的老师来了，带着他们那几队孩子，从操场穿过入口，走到了学校里面。随后是五年级的学生，最后是六年级的。

"需要我帮你拿绳子吗？"男孩问道。

"噢！不用，谢啦——绳子不重。"它们其实有点重。然而，从来没有哪个男生提出过要帮她拿绳子。

"给我吧。"男孩伸出双手，于是迪伊就把绳子交给了他。

"你的名字是？"迪伊问道，他们排的队开始动了。

"奥赛。"

"奥……"这个名字太异域了，迪伊觉得简直找不到任何记忆点，就像试图在一块滑溜溜的鹅卵石上面爬过一样。

他笑着回应了她的困惑，显然是习以为常了。"还是叫我'奥'容易一点，"他说道，把自己的名字带到了大家都熟悉的字母上，"我不介意。甚至我姐姐有时候都会喊我'奥'。"

"不，我可以说出来的，奥——赛——这个名字来自你的母语吗？"

"是的，它的意思是'高尚的'。请问你的名字是？"

"迪伊，全名是丹妮拉，不过大家都叫我迪伊。"

"迪伊？就像字母 D 那样？"

迪伊点了点头。他们看着彼此，这简单的名字首字母之间的联系让两人不禁放声大笑。奥有着一口美丽而整齐的牙齿，他黑色的面庞中仿佛有一束光芒，在迪伊内心掀起了某些波澜。

虽然，伊恩正忙着摆弄旋转木马，让它飞速地运转起来，吓得那帮四年级的小孩尖叫不已，但他还是马上发现了新来的男孩。伊恩总是可以注意到任何一个闯入他地盘的人，因为操场是他的。自升入六年级以来，操场就一直是他的，因为已经没有比他更年长的男孩子来统治了。他将有好几个月的时间来品尝这种统治权。任何新来的男孩都意味着对他的挑战。而这个新来的嘛，嗯……

伊恩不是六年级学生里个子最高的，也不是跑得最快的。他不是把足球踢得最远的，不是投篮时弹跳最高的，也不是在单杠上做引体向上最多的。他在课堂上发言不多，他的手工作品上从来没有贴上过金星，也没有在年底获得任何最佳数学家、最佳书法家或者荣誉公民的奖项。他当然算不上是荣誉公民。他也不是最受女孩子们欢迎的男孩——卡斯珀才是。

伊恩是最精明、最精于算计的，能在面对新情况时第一个反应过来，并将它转化为自己的优势。当有人蠢蠢欲动地要打架时，伊恩会对结果下注，并确保打架双方不会退缩。他很擅长预测谁会打赢。有时候，他会打赌打架会持续多久，或是哪个老师会出来阻止。他经常以糖果为赌注，赢了之后再转手卖掉——他自己并不爱吃甜食。有时候，他会索要别人买午餐的钱，但在其他时候，他又会庇护小一点的学生，防止他们的钱被人偷走，然后自己再拿一份抽成。他喜欢把事情搅乱，让其他人云里雾里。最近，他说服父母让他开了个银行账户，他们没有追问他是如何攒下这么多钱的，他的哥哥们在他这个年纪的时候也跟他一样。

体育课上，当全班同学都在绕着街区跑步时，伊恩会主动提出回去接那些跑得慢的同学。这给了他一个研究白天外面都发生了些什么的机会——谁在送信，谁在洗车，谁在修剪玫瑰时忘了关上自家的门。伊恩永远在寻找对自己有利的角度来看待事情。

他并不是每次都能成功。

比如几天前，一场暴风雨突然而至。当时，洛德小姐正试着讲解什么是等腰三角形，伊恩举起了手。洛德小姐的橘红色裤装上全是粉笔灰，她的表情很困惑，仿佛几何学超出了她的能力范围似的。她停止讲课，吃了一惊，因为伊恩极少举手。"伊恩，有什么事吗？"

"洛德小姐，外面开始下雨了，国旗还升在上面。我能出去把它拿下来吗？"

洛德小姐朝窗外天空中堆积的乌云看了一眼，又看了一下在学校前飘了一整天的国旗。"你知道，这是由布拉班特先生班上的女生负责的。"

"可是她们不够快。而且，布拉班特先生今天也不在，不能提醒她们。如果我现在就跑过去，国旗就不会被打湿了。"

洛德小姐犹豫了一下，然后朝着教室的门点了点头："那好吧——快一点。还有，带一个同学跟你一起去，把国旗叠起来。"

对于美国国旗，有很多条规矩：它绝不能在夜晚或是雨天飘扬，也绝不能碰到地面，应当怀着敬畏之心对待它。过去，伊恩只能透过窗口嫉妒地看着迪伊和布兰卡每天早晚去旗杆那里，炫耀着她们的特权。她们通常都做得很认真，但是，伊恩也看见过她们草草叠起国旗的时候，让它的一角碰到了地面。他听见她们唱歌——有时候是爱国歌曲，但更多时候是广播里放的歌曲。她们喜欢享受这段时间，攀谈、漫步、欢笑。

他选了咪咪跟他一起去，这让大家很是吃惊——包括洛德小姐、罗德和其他男生，以及全体女生。女生们都掩面笑了起来。咪咪看起来则不仅仅是惊讶，更是震惊和害怕。在升入五年级之前，男生和女生有时候会一起玩耍，并宣称彼此是朋友。但在校园里的最后两年，他们会分开，和自己的同性朋友玩——除非是在老师视线之外度过的秘密时光，比如，躲在体育馆后面，或是晴天时小树林的阴凉角落里。上周，在体育馆后面，伊恩曾把手搭在咪咪身上，悬在她开始发育的、隆起的胸部，但是他被罗德打断了，因而没能更进一步。罗德提议把自己的牛仔裤和内裤脱了，让女生们看看自己有什么。咪咪和其他人一起尖叫着，并从伊恩的臂膀中挣脱开——伊恩感觉到，她是不情愿地挣脱开的。

咪咪跟着伊恩走到教室外面，朝着旗杆走去的时候，天空已经下起了雨。不过最可怕的暴雨还在天上的乌云里酝酿。伊恩小心翼翼地没有对她投去太多关注，而是专注于把绳子从旗杆上齐腰高的挂钩上解开。随后，他把国旗降了下来。"抓住下面。"他命令道。

咪咪照做了，国旗降下来的时候，她抓住了它的两个角。伊恩把另外两个角从绳子上解开，然后，他们就像整理床单那样把国旗在两人中间拉紧。伊恩朝她意味深长地多看了一会儿，她站得笔直，眼睛睁得老大。她有一双晶蓝色的大眼睛，其中还缀着零星深色的斑点，这双眼睛里闪耀着的光芒常常令他分神。她长着一头红发，以及红头发人种——可能是爱尔兰裔——常有的布满雀斑的皮肤，嘴巴很大，嘴唇没有遮挡住在牙齿间闪烁着的牙套。她的长相太不常规了——两只眼睛分得太开，嘴巴太大，额头又太宽——很难称得上"漂亮"。但是，咪咪有着其他某些引人注目的东西。这是他们在同一所学校度过的第七年了。伊恩曾经在三年级时撞倒过她，仅仅是因为他能够做到这件事。但直到最近，他才真正开始关注她。他之所以关注咪咪，是因为她和自己很像——和操场上的每个人都保持着距离。尽管她的姐姐妹妹看起来都很正常，而且又有人见人爱的迪伊当她最好的朋友，但咪咪看起来总是十分孤独，沉浸在自己的世界里，即使是在摇跳绳或是玩跳房子游戏的时候，她都是出了名的"游离于状况之外""在不恰当的时候意识模糊""说得很少，却关注着每件事"。也许那就是她吸引人的地方：他不希望她说太多话。

他轻轻摆了摆右手，示意他们应该把长边折三次。然后他们把另一边叠在上面，得以让国旗的宽度只有原来的三分之一。伊恩又一次盯着咪咪看了很久，她脸红了。"你来叠，"他说，"你知道该怎么叠吧？"

咪咪点了点头，然后把她的那头按对角线叠起来，折成一个三角形，然后叠了一次，又叠了一次，咪咪和伊恩靠得越来越近。伊恩将自己那头的国旗捏在胸前，咪咪不得不向他靠近。当她离自己只有一英尺远，正准备叠最后一下的时候，伊恩拽了一下国旗，让她扑进了自己的怀里。他向她的嘴扑了过去，而三角形的国旗随之在两人中间被挤扁。他们的牙齿碰撞在一起，咔嗒作响，咪咪退缩了，但她不能后退，否则国旗会掉到地上。

她的牙套弄疼了他的嘴，但是伊恩迅速恢复了，并把自己的双唇牢牢地贴在她的双唇上，开始吮吸起来。过了一会儿，咪咪开始回应，也开始吮吸。两人制造了一片真空和大量的口水，尽管她的嘴巴紧紧地闭着，以至于他的舌头完全无法进入。**她之前就经历过这个**，伊恩意识到——他不太喜欢这一点。他抽开身子，尽管他很享受并且感觉到了身体的某种变化。他猜想她也注意到了。接过她手中的国旗，他叠完了最后一下，并把多出来的布面折成两半，好让整面国旗紧紧地扣在一起，就像小孩子们为了当桌面足球弹来弹去而做的纸三角。"你不应该和别人那样做。"他说。

咪咪看起来有点迷茫，甚至有点害怕。"我没有。"

"你不是很会撒谎。你亲过其他男生——菲利普、查理、邓肯，甚至是卡斯珀。"伊恩提了几个很聪明的猜想，至少有一个他是猜对了，尽管他不知道是哪一个。咪咪低下了头。雨开始下得更大了，落在她的脸上，看起来她就好像是哭起来了似的。

"如果你想跟我在一起，你最好连看都不要看这些男生。你想跟我在一起吗？"

咪咪点了点头。

"那我们亲嘴的时候，张开你的嘴，让我把舌头伸进去。"

"布拉班特班上的女生们就要来了——她们会看见我们的。"

"不会的。我观察过了——她们恐怕要花上一辈子才能赶到这里。国旗总是被弄湿，然后迪伊就只能把国旗带回家放到烘干机里。来吧，继续。"

他又亲了她。当她张开嘴的时候，伊恩把舌头深深地探了进去，他让她背靠着旗杆，以便能用力地吸吮，探查她的牙齿、面颊、舌头。他把自己的髋部顶向她的，以确保这次她能清楚地感受到自己身体的变化。

分开时，两人都气喘吁吁。亲吻她让他觉得头晕目眩，而且，仅此一次地让他感觉到自由自在。绳子在雨中摇晃着。伊恩握住它，朝四周看了一眼，然后把叠成三角形的国旗交给了咪咪。"退后。我准备给你看个东西。"他把绳子末端绑在手上，身体向外倾斜，绷紧绳子，绕着旗杆跑了起来。随后，他跳了起来，离开地面，朝着外围扑过去，然后又回到地面。他又一次跑了起来，然后朝外，再向上绕着旗杆一圈一圈地跑着。大雨消失了，咪咪和学校也消失了，他感觉到的只有飞翔的快感。

当他耗尽力气停下来的时候，咪咪正抱着国旗看着他。伊恩感觉太舒服了，于是决定慷慨一下。"你想试试吗？来吧，很好玩的。"他把国旗拿回去，把绳子交给她，"跑快一点，然后跳起来。"

她犹豫了。"杜克夫人可能会看到我的，或者是老师们。我们会被发现的。"

伊恩轻蔑地哼了一声："没人在看。他们都忙着学三角形呢。你难道不想试试看吗？"

咪咪似乎已经做出了决定，只见她突然跑起来，冲向空中，身子尽量远离旗杆，以便能绕着旗杆摇摆。随着双脚离开地面，她不停地笑着。伊恩从来没见她这么开心过。他笑了起来，这是一件转瞬即逝而又珍贵无比的事情。当她停下来的时候，他又亲吻了她，这次温柔了一点。当来取国旗的迪伊和布兰卡出现在校门口的时候，他们刚好分开。迪伊表情滑稽地看了他们一眼，显然是惊讶于看见他们居然在一起，尽管，伊恩不确定她是否看到了之前两人的亲吻。不过这无所谓。"你们女生总是太慢。"他一边断言道，一边从她们身边信步走了过去，手臂下夹着叠好的国旗。咪咪跟在后面，满脸通红。

不幸的是，伊恩的动作也太慢了，国旗还是弄湿了——而这正是他跑出去要避免发生的事情。洛德小姐攥了攥他放在她桌上的国旗三角，皱起了眉头。

"那是等腰三角形吗，洛德小姐？"他问道，希望能够转移话题。

"噢！"他的老师斜眼瞥了下国旗，"我不知道。但那个——詹妮弗，把它拿到布拉班特先生的班上去。"

"我可以保管它，"伊恩插嘴道，"等雨停了我可以再把它升上去，然后今天放学时把它拿下来。"

"我更希望把这个职责留给布拉班特先生的班级。现在，回去坐下吧，伊恩。今天的搞破坏到此为止了。"

伊恩踢了自己一脚，懊悔自己花了太多时间在绳子上荡。那种快感让自己失去了获得另一项特权的机会——尽管他觉得洛德小姐永远都会把这项特权转交给布拉班特先生。

操场上，第一声铃声响了起来，伊恩抓住旋转木马的控制杆让它慢了下来。其中一个骑在旋转木马上的男生看起来快吐了。伊恩假笑了一下，然后踢了控制杆一下，让旋转木马又加速转起来。"给我十美分，我就让它停下来。"他对男生喊道，这个男生悲惨地点了点头。伊恩把脚伸了进去，旋转木马戛然而止。其他男生朝着每个班级在门口排的队伍跑去，他们松了口气：这次总算没成为伊恩的关注对象。而那个落在后面的倒霉男生则呆呆地站着，肩膀低垂，耷拉着脑袋。

"现在把钱给我。"伊恩说。

男生耸耸肩，眼睛盯着地面："我没带钱。"

"你本该在旋转木马上就想到这点。"伊恩向他走近，"回去，我会让你旋转到呕吐。"

"我……我明天给你。我保证。"

"明天不行。现在比较好。你身上还有什么？有糖吗？"

男生摇了摇头。

"棒球卡片？"

男生再次摇头。

"好吧，那你有什么？"

男生又耸了一次肩。

之前，伊恩通过留心观察发生在这个男生周边的所有事情，收集了不少关于他的信息。此时，他在脑海里快速浏览了一遍当时所记住的事情。"把你的风火轮玩具车给我——那辆红色的大黄蜂。"

他成功了，男生开始在自己的口袋里搜寻。"我这儿有五美分。我可以先把这个给你，其余的明天再给你——或者今天午饭后。我可以在午饭时间回家再拿五美分。"

但是，伊恩已经去拿男生扔在围栏边上的帆布书包了——几分钟前，当他天真地把包扔在那儿的时候，上学前玩旋转木马看起来还是一件有趣的事情——伊恩拿出了一辆低底盘的红色玩具跑车，跑车有着很宽的轮胎，它们完美地嵌在伊恩的手掌心。它还闪烁着光芒：显然是最近刚买的。伊恩把跑车放进自己口袋的时候，他听见男生嘟囔了一句"笨蛋"。

伊恩把车子从口袋里拿出来，松开手，任其掉到地上，然后用脚踩了上去。车轮"啪"地绷得老远，车门爆开了，车顶一部分陷了下去，引擎盖的红色油漆也剥落了。"哎哟。"伊恩说，然后就把它留在了地上。过了一会儿，他懊悔自己被愤怒冲昏了头脑，白白浪费了一辆很好的风火轮玩具车，他曾经被骂过比"笨蛋"难听得多的称呼。但是，看到男生脸上比在旋转木马上更难受的表情，这着实令人满意。

在整个过程中，伊恩始终分神盯着在操场边缘徘徊的那个新来的男孩。现在，他掉转方向，朝新来的男孩走过去——朝这个黑人男孩走去。他的肤色非常黑。伊恩在某一次关于"有个新来的男孩要来六年级"的真相调查任务中得知了关于他的信息，但是，伊恩错过了至关重要的一条——他的肤色。随着伊恩逐渐靠近男孩，并感受到他黝黑的肤色和黑色的双眼，以及贴着头骨的短发上闪烁的汗珠，他下意识地退缩了一下。**掌控局面**，他想道。**接近你的朋友，更要接近你的敌人**。这是他的父亲喜欢引用的一句话。"上课铃声响了，你得去排队。"他说，"就在那儿，你在布拉班特先生的班级。"

男生点点头说："谢谢。"简简单单的两个字，以及他说话的方式——即使带着异国腔调，也能听出他的直截了当和自信满满——还有他随后走向队伍的样子，仿佛已经熟知并掌控着这片操场。这些一下子点燃了伊恩心中的怒火。

"妈的。"罗德悄悄跟了上去，像一只拿不定主意的狗。罗德长得又瘦又小，留着一头蓬松散乱、垂至肩膀的深色头发，双颊在心烦意乱时很容易变红。它们现在就很红。"这鬼地方，到底发生什么了？"伊恩的小弟经常在他身边咒骂不休，他显然觉得这让他听起来很强硬。伊恩自己从来不骂人。他的父亲很早就用皮带让他明白，只有他自己才可以骂骂咧咧，他儿子不行。

伊恩忍受罗德很久了，但是并不把他当朋友——尽管他曾经听罗德说把自己当作他最好的朋友，这种话一般只有女生才会说。对伊恩来说，罗德只不过是一个维持自己在操场统治地位的跟班，在自己打赌时、拿别人的午餐钱时或是以折磨其他小孩为乐时，罗德帮忙盯着老师，给自己望风。对一个小弟来说，自己的大哥和其他人一样瞧不上他，这实在是一种困境。罗德软弱、爱发牢骚，而又常感绝望。他现在就在发牢骚："看看，她在跟他说话。我永远都没机会跟她在一起了！"

咪咪的朋友迪伊加入了队伍，排在了黑人男孩的后面，她正在和他聊天。伊恩看着他们，几乎对迪伊的勇敢刮目相看。但是，当她把跳绳交给男孩并开始笑起来的时候，伊恩皱了皱眉。"我不喜欢这个。"他嘀咕道。他必须对此采取一些行动了。

*

咪咪有节奏地摇着双绳，让它们有规律地击打着地面。她能够感觉到身边的操场随着大家的活动在搏动。不远处，两个女生正在为一个画歪了的跳房子格子而争吵。三个男生沿着操场的长边在赛跑，其中一个在快到终点时超过了其他两个。有个女生坐在一面矮墙上，她正在读书。另外一边，一排男生背对着学校，远离了老师们的视线，正在比试谁能通过铁丝网围栏向人行道尿得最远。而三个女生正因为一本阿奇漫画[1]笑得前仰后合。一个男生正在树下的沙坑踢沙子。

操场上两个区域的活动吸引住了她，这是两种截然不同却互相平衡的活动。一边，伊恩在旋转木马边上折磨着四年级学生。咪咪已经知道结局会是什么了。她自己和伊恩也像是在某种旋转木马上，但是她不知道他们之间的结局会是什么。三天前，当她绕着旗杆转圈的时候，她感到既兴奋又害怕，就像秋千荡得很高时，身体后仰，双目圆睁，以便能在向前落下的同时看到并感受着那种令人反胃的俯冲。自那天起，她就觉得自己被伊恩掌控了，而且不知道自己是否想要挣脱开来。

在高速转动的旋转木马上，骑在上面的人总是觉得自己快被甩出去了。那个新来的男孩则完全相反。新来的黑人男孩——他的肤色让人难以忽视——正一动不动地站着，他的静止给自己带来了很多关注。咪咪想，如果她是转学生，她肯定会在操场上到处走，在人群中穿行，尽量不在某个地方多作停留，免得自己成为他人的目标，被人注意到。虽然咪咪从来没当过转学生，但她也从来没有真正融入进学校。作为迪伊最好的朋友，现在又是伊恩的女朋友——也许你会以为，这些具体的关系会拴住咪咪，但事实并不是这样。她觉得自己仿佛悬浮在这个操场上。

---

[1] 阿奇漫画公司是美国的一家漫画出版社，总部在纽约佩勒姆。该公司出版了多个系列漫画，其中以阿奇·安德鲁、小女巫撒布丽娜、娇西少女队等虚构的青少年形象为主角的漫画而闻名。

旋转与静止。运动与停止。白色与黑色。如果操场曾经是不均衡的，随着新加入的元素，它已经有了一种令人迷惑的平衡。咪咪摇了摇头，甩掉了这种感觉。

这个动作让她的手臂摇了一下，连带着其中一根绳子跟着抖了一下，绊住了跳绳的人——一个五年级女生，她开始抱怨，直到咪咪看了她一眼才停下来。她知道那女生被绊住是自己的错，但是她没有表现出来，她不能道歉或解释，否则她那"最可靠的摇绳者"的名声就会受损。咪咪是个可靠的摇绳者，同时也是个心思敏锐的女生。她必须抓住这些与众不同的天赋，因为那是她仅有的一切。它们，现在还有伊恩。不过他算不上是上天的恩赐。

五年级女生偷偷地走了，咪咪很后悔，因为布兰卡顶替了她的位置。布兰卡，六年级最漂亮的女生，穿着一身拉低了自身美感的俗艳服装：一件粉红色紧身上衣，展示出了她穿着的运动文胸的轮廓和每一根肩带；一条牛仔短裙，一双米色平底凉鞋，头上戴着一枚红发卡，上面贴满了亮晶晶的粉红宝石，她的手臂上则戴了半打金手镯，随着她的跳动叮当作响。她跳啊，跳啊。布兰卡跳绳稳得就像咪咪摇绳一样，她们在各自领域的天赋都让对方感到无趣。

咪咪任由布兰卡跳啊跳，保持着节奏。伴着击打声，咪咪看着整个操场逐渐把注意力转移到新来的男孩身上。准确地说，没有人停下自己正在做的事情，至少没有停很久，只是吃了一惊，或是在捉人游戏时暂停了一下，在抓子游戏里抓球并再次扔起来的间隙犹豫了一下，或是在交谈时沉默了一会儿。随后，他们又继续玩起捉人游戏、抓子游戏，继续聊起天，但是都分出一只眼睛或耳朵关注着这个男孩。咪咪感觉操场和操场上的人就像是随机交织着的线绳，现在它们开始排列，最终都指向一点。**他怎么能承受住如此的关注？**她想。

迪伊来了，在这片线绳上激起了阵阵波纹。她妈妈把她的金发梳成了高高的马尾辫。迪伊的妈妈坚信，女生的衣服能掖进去多少，就掖进去多少。迪伊过来是为了告诉咪咪停下来，稍后，她将会拿走绳子，然后站到队伍里，就站在新来的男孩边上。到时候，她将会完完全全只关注他一人。咪咪已经知道会是这样了。她总是能知道。

她是对的：迪伊只是匆匆搭理了咪咪和布兰卡一下，随后就站在了新来的男孩旁边。咪咪排到了自己的队伍中，但是，她忍不住去看迪伊和新来的男孩。每个人都在瞧他们。旁人无休止的好奇心让两个人看起来仿佛被闪烁的光环包围了，就像咪咪偶尔快要头痛发作时，闭上眼会看到的那样。实际上，现在她的脑袋里就有着头痛前会有的那种嗡嗡作响、难以忽视的感觉，就像是暴风雨来临前空气中的那种压迫感。

然后，迪伊把宝贵的班级用跳绳交给了男孩，再往后，两人开始笑起来，笑得前仰后合，仿佛周围没有观众，而只有他们两人，正在为彼此表演。这太出人意料了——哪个学生会在来到新学校的第一天就笑上五分钟？——对此，咪咪发现自己也在笑，吃惊地、赞许地、有样学样地笑。她不是唯一一个——其他人也被感染了，情不自禁地微笑着、大笑着。

但伊恩没笑。她的男朋友——因为现在大家都这么喊他们了，男朋友和女朋友——正站在另一边，盯着迪伊和男孩，脸上压抑着咆哮，击碎了咪咪的愉悦。

**我不能再和他在一起了，她想，我不能和一个面对欢笑有着
这种反应的男生在一起。**有那么一会儿，咪咪想起了在旗杆周围
飞翔的感觉，还有伊恩用舌头和髋部向她压过去的感觉，那种她以
为自己不会喜欢，实际上却十分受用的感觉，就像身体上的一盏灯
被蓦然点亮。但是，她不能让一个像伊恩这样的人点亮这盏灯。

她思忖着该什么时候告诉他自己打算和他分手。也许今天放
学，这样她可以在告诉他之后就跑回家，第二天假装头痛得要命
不来上学。明天是星期五，过了周末之后，她希望伊恩的怒火会
在三天内自己熄灭。然后，她只需要忍受这学期的最后一个月，
就可以迎来暑假，躲开伊恩，去一个新学校迷失自我了。

既然有了一个计划，她感觉好多了——除了看着迪伊和新来
的男孩一起走过校门时产生的一阵嫉妒感。两人的步伐已经像朋
友或是情侣一样一致了，保持着同样的节奏。

是的，她感觉好多了。咪咪眼睛里潜藏着光芒，她的太阳穴
逐渐被一阵疼痛占据。在她的脑袋被完全占领、她向疼痛屈服之
前，那种感觉都不会消失，这就像是一个她为了重获轻松和自由
而不得不通过的测试。

*

奥赛老练地观察着操场。在此之前，他已经观察过三个新操
场了，他知道如何解读操场。每个操场都有着相同的元素：秋千、
滑梯、旋转木马、单杠、攀爬架。为了垒球和足球而在沥青地面
上画出的标线和相应区域。操场一头有一个篮球筐。也有跳房子

和跳双绳的区域。这个操场有两个不同寻常的特点：一艘海盗船，上面有可供攀爬的旗杆和索具；还有一丛小树林旁边的沙坑。

接下来，你永远能看到在做着同样事情的孩子们。男生，吵闹地追逐着，消耗着会让他们在课堂上闹个不停的精力；他们也可能是在玩球，是的，男生们总是在玩着某种球类运动。女生呢，不外乎跳房子、抓子游戏或者跳双绳。独处的人通常是在读书，或是坐在单杠上面，或是在角落里躲起来，或是站在老师身旁的安全区域。混世魔王们则到处巡逻，宣布着自己的统治权。还有他自己，这个新来的男孩，静静地站在这些校园老手中间，扮演着自己的角色。

看着这些孩子，他同样希望能侦察到一些别的：一个盟友。具体来说，一个和自己一样的盟友。另一张黑色面庞，或者，如果那不现实的话，一张棕色面庞或是黄色面庞也行。波多黎各人、中国人、中东人，任何人都可以，只要与在这里四处巡游的、粉红奶油色的郊区美国白人不一样就可以。但这样的人在这里一个也没有。这类人通常很少见。即便有，也往往没有什么帮助。他在伦敦的学校里有另一个黑人同学——一个父母来自牙买加的女生，但这个女生从来不和他有眼神接触，竭尽所能地和他保持距离，仿佛他们是磁铁的两极，互相排斥。她已经找到了属于自己的、尚不稳定的憩息处，不想卷入他为了寻找安全区域而做的挣扎。他在纽约的学校里则有着一对中国双胞胎兄弟，受到刺激的时候会用功夫打架，虽然伤害对手，但却取悦了旁观者。他们也和奥赛保持着距离。

慢慢地，他学会了隐藏自己作为一个新生在思考的事情。

他的父亲也许算是家里的外交官，但是奥赛也可以算是个外交官——在每所学校施展着自己的外交技巧。每当他父亲从新单位下班回家，在饭桌上和妻子以及孩子聊起他的新同事，聊起他都不知道应该在哪儿停车，或是在哪里上厕所，奥赛其实可以说："我今天也是这样的。"每当他父亲说他忘了他的新秘书的名字，所以只能叫她们"小姐"时，奥赛本可以说，他已经学会了一点——在维多利亚时代的英格兰，人们会把所有女仆称为"阿比盖尔"，无论她们的名字是什么，这样他们就不用记住新名字了。奥赛还可以说，他也不得不搜寻在脑海里储存的所有成年人的名字，力图选出站在全班同学面前的那位老师的名字，因为称呼他们为"先生"或"夫人"的礼节会让他们感到吃惊，也会让其他学生笑话，进而更加孤立他。奥赛还可以说，他也有一份新工作——成为一名新生，试着去融入——或是，试着不去融入。但是，他没有说上面的任何一点。他早已学会了如何尊重长辈——不要去质疑或者违抗他们。如果他父亲想知道儿子一天生活的任何细节，他会问的。然而，他的父亲从来没有问起过，所以奥赛保持沉默。

今天，他再次面临着一个新操场，一个和往常一样充满了盯着他的白人小孩的操场。这里，又有一群男生在打量着他，又有一阵全世界都一样的上课铃声，又有一位站在队伍前面不安地打量着他的老师。他经历过这所有的一切，再熟悉不过了，除了她。

她就站在自己身后，奥赛感觉到了，就像一团火焰。他转过身，她便开始把目光往下移。她一直盯着他的脑袋。奥赛以前也发现过别人在看它。他身上最突出的特质似乎就是他头骨的形状，浑圆对称，没有任何凸点或是突起。他的母亲很喜欢提醒他说，自己是剖腹产生下他的，因此，他的头骨才没有在出生时被挤压变形。"不要说了！"他每次都会叫道，奥赛实在难以想象那是一幅怎样的画面。

当迪伊——她的名字也能用一个音节来称呼，多美妙呀——抬起双眼，那团火焰蹿起来，蔓延到了奥赛的全身。她的双眼是棕色的，像是清澈明亮的枫糖浆。不是他在那些操场里见惯了的那种蓝色，那种英格兰、苏格兰和爱尔兰人祖先的蓝色；那种德国和斯堪的纳维亚半岛的蓝色；那种北欧人——他们来到北美洲定居，征服了棕色眼睛的印第安人，又把拥有黑色眼睛的非洲人从非洲大陆掳来为他们卖命——的蓝色。奥赛用自己的黑眼睛看着她，她则用自己棕色的双眼回应——那种可能是来自地中海、西班牙、意大利，或是希腊的棕色。

她是"美丽"的——这个词通常不会被用来描述一个十一岁的女生。"可爱"是个更为普遍的形容词，或是"漂亮"。"美丽"这个词达到了她这个年龄段的女生通常还承受不起的深度。但迪伊确实是美丽的。她有着一张猫一样的俊脸——她的面颊、鬓角，还有下巴——就像折纸般棱角分明，和大部分女生枕垫一般丰软的面庞形成了鲜明对比。她的金发被编成了两条法式长辫，像绳索一样垂在身后。奥赛闻到了一丝洗发水的香味，满是迷迭香嫩枝的花香。这是"草本精华"牌洗发水。他姐姐茜茜最爱这个牌子，但是却不能用，因为它的精油含量不够，不适合非洲人的发质。她对此颇有怨言，还有标签上画着的那位被粉色花朵和绿色树叶围绕着的金发白人女郎也让她感到不满。不过，她还是买了一瓶，只是为了闻闻味道。

　　不过，这个站在他背后的女生的美，不仅仅是外表上的。对奥赛来说，她就像是被某样东西由内而外地点亮着。这种东西，其他孩子要么没有，要么藏得太深：这就是灵魂。奥赛觉得，永远不会有人讨厌她，而这是举世罕见的一件事。她的出现是为了让一切变得更好。而她已经在让他的一切变得更好了：跟他聊天，陪他欢笑，为他负责。其他学生盯着他们，取笑他们，这些都不重要了。奥赛眼里只有迪伊，无视了其他一切。

　　两人正朝着他的新教室走去，奥赛知道，他可以向她求助，解决一件困扰着自己的小事——相对于宏大而难以解决的"身为全是白人的学校里唯一的黑人学生"这个问题而言，这件事渺小而具体。"请问，你有笔袋吗？"他问道。

　　迪伊看起来很困惑，她说："有，在我的课桌里。为什么这么问呀？难道你没有吗？"

　　"我有，只是……"他把绳子夹在臂弯里，打开了自己的书包。一个不起眼但令人感觉十分舒服的深绿色背包，这个背包陪着他走过了三所学校，从没引起过别人的关注。但是，他拿给迪伊看的笔袋就不一样了，奥赛只露出了笔袋的一截，这样其他人就看不到了。这是一个粉红色塑料笔袋，长方形，光滑的表面上装饰着凸起的红色草莓球，仿佛巨大的盲文一般。奥赛找不到自己的笔袋——它被藏在一个搬家时用的盒子里，最近一次搬家后还没能打开过——他的母亲坚持让他带上草莓笔袋。在茜茜上高中以前，它一直是属于她的。当奥赛问母亲为什么要让一个男生用粉红色草莓笔袋的时候，她眨了眨眼说道："奥赛，一名学生需要一个笔袋来装他的铅笔。我不会让我的儿子不带着铅笔就去学校的。"

他不能与母亲争辩，也不能阻止她亲手把笔袋装进他的书包里，连带着一块他永远不会用到的手帕、一块他不知道是否会需要的三明治，以及一听他怀疑学校不会允许他喝的可乐。书包里一样有用的东西也没有，但他还是把它背在肩膀上，带到了学校。不过，他没能按自己希望的那样，把笔袋藏起来，因为他的母亲几乎全程陪着他走到了校门口，即使在他恳求她让他自己一个人走之后。至少，她没有和他一起走到操场，尽管她还留在围栏那里看着他，直到他走进去。没有哪个学生的家长会那样做——至少不会在六年级的时候这样。

迪伊看见草莓笔袋的时候，惊得目瞪口呆。她没有把它拿出来握在手里，在大家面前让他难堪。反倒是伸手去碰了碰其中的一颗草莓，用手指反复摩挲着凹凸不平的表面和整体的形状，就像茜茜以前在餐桌上写作业的时候，心不在焉地摸笔袋上的草莓。不过，那是在她开始把作业拿回自己房间写之前的事了，从那以后，她都是待在房间里，开着收音机，关着门。现在，奥赛都不确定她当时到底是在哪儿写的作业了——又或者，她是否真的写了作业。

"这个笔袋是我姐姐的，"他解释道，"不过她现在上高中了，十年级，已经不用笔袋了。我找不到自己的笔袋，所以只能用她的了。"

奥赛陷入了沉默，想起了他的姐姐。小时候，茜茜总是会为他挺身而出。他们在同一所学校的时候，她会保护他，倾听他抱怨同学们是怎样对待他的，并向他保证，这些都会随着他们长大而逐渐好起来的。他们曾心照不宣地约定不向父母告状，帮着彼此圆谎，比如，为了掩饰被偷走的书包、洒上墨水的衬衫、流血的嘴唇，还有一次，茜茜的辫子末端被剪掉的一束头发（奥赛不得不为此背了黑锅，还被他父亲打了屁股。但他没有任何怨言）。

但是，当茜茜升入初中，和奥赛去了不同的学校以后，她开始远离她的弟弟和父母。放学后，她不再与奥赛一起玩，而是把自己关在房间里，打好几个小时电话，和她那些刚刚在学校一起度过了一整天的朋友聊些毫无意义的话题。奥赛知道那些对话毫无意义，因为他有时会用电话分机偷听，直到他受够了她们对电视节目和同学的讨论，以及对男生和衣服的迷恋。吃晚饭的时候，茜茜会大着胆子和父母顶嘴，或是一直闷闷不乐——在父亲旁边，或许这是更安全的选择。

茜茜对待奥赛的方式是青春期的女生最为擅长的——居高临下。这很伤人，奥赛不再告诉她学校里发生了什么，而是自己独自面对——在罗马被扯破的衬衫，还有在纽约因为被绊倒而擦伤的膝盖。他也不会再和她分享开心的事情：被拦截的进球、和他聊天的女生，以及老师对他的《弗里斯比太太和实验室的老鼠》的读书笔记出人意料的赞誉。他觉得她应该已经没兴趣了。她不再读《埃及游戏》《柳林风声》或是《时间的皱纹》这样的作品，而是去读《去问爱丽丝》这样的青少年读物，或是关于黑人的书：拉尔夫·埃里森的《看不见的人》、钦努阿·阿契贝的《瓦解》、玛雅·安吉罗的《我知道笼中鸟为何歌唱》。

他们的母亲对茜茜的变化倒是挺乐观的。"奥赛，你姐姐正在长大，"她安抚道，"她现在不想让她的小弟弟待在身边了。但你知道她还是爱你的。对她来说，等长大一点后再表现对你的爱会更容易些。你一定要对她耐心一点，她会回来的。"

他们在纽约的第二年，茜茜满十五岁的那年，她突然变成了一个更加疏远的人，甚至到了他得提醒自己这是他姐姐的地步。刚开始的时候，她抛下了学校里的白人朋友，由于她学校里的学生全是白人，这意味着她一个朋友也没有了。随后，她开始和在别处认识的黑人孩子一起玩，还开始用夹杂着俚语的美国口音说话。"棒极了。"她开始这样说道。"你妈的。"她开始这样去辱骂别人。在她把白人称为"白鬼"的那天——尽管不是在他们的父母面前这样说的——奥赛知道，两人所走的路已经彻底岔开了。

这种愤怒的黑人女孩的表现仅仅持续了一两个月，随后，就发展成了某种更为复杂，同样也令奥赛更加困惑不已的状态。茜茜不再说美式俚语，而是加强了她和奥赛小时候的那种加纳说唱口音。她开始穿用肯特布做成的颜色明亮的束腰上衣——这让母亲很高兴。不过，当她看见茜茜的爆炸头因为长得太长、太重而弯下来的时候，科科特夫人可就没有那么高兴了。当她批评她女儿的时候，茜茜笑着用手环抱着她的母亲说道："但是，妈妈，我让头发回归自然，你应该高兴才对，因为这是上帝希望非洲人的头发长成的样子。"

平常放学之后，还有周末的时候，她开始更频繁地出门。奥赛在她门外偷听时得知她向父母撒谎了——关于她去了哪里，和谁在一起。有一天，他悄悄地跟着她去了中央公园。在那里，她和另一群他不认识的黑人青少年坐在一起。他们的穿着跟茜茜相似，穿着大喜吉装或者其他由肯特布做成的上衣，留着巨大的爆炸头。因为隔着一段距离，他听不清他们在说什么，但是通过他此前听到的电话可以猜到：他们是美国人，但准备采用具有新非洲主义色彩的名字，比如瓦库纳、马莱卡，或是亚香缇，而且他们会在对话里夹杂着对马尔科姆·艾克斯、马科斯·加维[1]、黑豹党[2]的言论的引用，夹杂着诸如"黑人权利""黑即是美"等口号，还有一些他听不懂的词语，比如"白人至上""泛非洲主义"[3]"内化歧视主义"。每当有人加入或是离开的时候，奥赛都能看到茜茜举起拳头，那是致敬黑人权利的行礼方式——他认出这个手势和她房间里贴着的海报里的运动员所做的一样，那是汤米·史密斯和约翰·卡洛斯在 1968 年的墨西哥奥林匹克运动会中举着拳头的样子。这让他感到不安。她才十五岁，现在就成为一个激进主义者是不是太早了点呢？他想念两人曾经共度的愉快时光，想念当时玩金拉米纸牌游戏或是试着学《灵魂列车》里的舞蹈。他甚至怀念起她愤愤的青春静默期。他不想听她谈论压迫者和被压迫者。

那天，奥赛没有露面，而是悄悄从中央公园溜走了。事后，他什么也没有和茜茜说，也没有告诉父母他们的女儿在做什么。科科特夫妇似乎很盲目乐观，对女儿的最新动向毫不知情。

---

[1] 马科斯·加维（Marcus Garvey, 1887—1940），20 世纪初牙买加政治家、出版家、记者、企业家及演说家，被认定为黑人民族主义开创者。

[2] 黑豹党（Black Panthers），活跃于 20 世纪 60 年代的一个美国黑人左翼激进政党。

[3] 泛非洲主义，是非洲的一种民族主义思潮，呼吁非洲国家政治上的联合。

另一方面，就在他们要离开纽约去华盛顿的时候，他的母亲让他去理发，把他的爆炸头剪掉。一直以来，他都为自己的爆炸头而感到骄傲，无论去哪里，他都会在后口袋里放一把梳子，用来梳理头发，使它保持干净平整。奥赛通常不会反抗父母，但这一次他极力反对理发。"为什么？"他不停地问道。

"咱们家里对发型强调得过头了，"他母亲委婉地坚持着，"最好能有一个崭新的开始。"

当奥赛继续抱怨的时候，他的父亲插话道："儿子，你必须听你妈说的，你不能质疑她的判断。她知道自己在说什么。"

那次争执，和爆炸头一起，就此终止。"我很遗憾，弟弟，"茜茜看见他理的新发型时笑着说道，"你就像一只刚被剃了毛的绵羊！"

他注意到，她的爆炸头丝毫没有受到影响。

奥赛和迪伊一起走进了教室，他的新老师已经让另一个学生搬走了，这样他们就可以坐在一起，四人一组，两两相对，形成一个长方形。这显然是一个不寻常的安排，因为奥赛可以听到教室里的窃窃私语。直到老师清了清嗓子，整个教室才安静下来。

"你有铅笔、钢笔、尺子和橡皮吗？"他在问他的新学生。

奥赛僵住了，他不想拿出他的草莓笔袋，因为他能预见到随之而来的嘲笑。但他也不知道还能怎么办。不过，迪伊知道。她伸手从书桌里把自己的笔袋拿出来放在膝盖上，然后把它滑向奥赛。没有人看见这个过程。

"是的，我有……"

"布拉班特先生。"迪伊低声说道。

"布拉班特先生。"奥赛举起笔袋。它是白色的，一种奥赛不会选择的颜色，不过至少不是粉红色。笔袋上面有史努比，查理·布朗连环画里的那只狗，坐在它红色的狗屋上面，俯身对着打字机。史努比还不错，相比霸道的露西和可悲的查理·布朗，奥赛更喜欢它。讲道理的莱纳斯也可以接受，或是弹钢琴的施罗德。不过史努比相比他们有一个优势：它的皮肤不是白色的，而是黑白相间的。

教室里的一个女生——长得很漂亮，但是被浓艳的装扮所拖累，反而显得有些难看——当众惊呼了出来，很明显，她认出了那是迪伊的笔袋。

不过，布拉班特先生不是那种对每个学生的笔袋烂熟于心的老师。他只是点了点头，开始点名。迪伊的姓氏是贝内代蒂。奥赛猜对了——意大利血统。其他学生的姓氏大多是常见的美国姓氏，比如库伯、布朗、史密斯、泰勒。但是也有很多有移民色彩的姓氏：费尔南德斯、科尔沃斯基、汉森、奥康纳。尽管这些姓氏兼收并蓄，但他的名字在布拉班特先生的花名册最后一栏里，依然显得很扎眼——奥赛·科科特。

老师转过身的时候，奥赛把史努比笔袋递还给迪伊。然后，他把草莓笔袋里面的东西全部拿了出来。"给你。"他低声道，然后把笔袋放在了她的膝盖上。

"噢，"迪伊吸了口气，"你确定？"

"是的。"

"谢谢你！"她笑了，开始把铅笔往草莓笔袋里装，然后，她拿出了清空的史努比笔袋给他，"我们交换吧。"

"你不必这样做。"奥赛低声说道。

"我想这么做，我很喜欢它。"迪伊捏着他姐姐的笔袋，接着拿出她自己的笔袋，"我希望你拿着我的。"

奥赛接过史努比笔袋。坐在迪伊对面的女生——她有一头笔直的灰褐色头发，额前的刘海儿仔细梳理过，穿着一件无袖格子连衣裙——正目瞪口呆地看着他们的交易，厌恶之情溢于言表。奥赛朝她瞪了一眼，她立即垂下了目光，脸也红了。

"那是帕蒂，"迪伊说，"还有邓肯。"她朝他对面那个敦实的男孩点了点头。他正和教室里其他组的朋友交换眼神，同时努力地不笑出来。奥赛把目光定在他身上，最终，当他们四目相对时，邓肯不再继续笑了。

奥赛把他的文具装进了迪伊的笔袋里，尽管他有一点后悔把姐姐的东西给了出去。这个草莓笔袋陪着他们去了很多地方，无论在哪儿，它都能让他想起茜茜在餐桌上写作业时那熟悉的情景。放暑假的时候，她甚至把它带到了加纳，跟她一起玩的厨师的女儿们都很渴望得到这个笔袋。实际上应该把笔袋送给她们才对，不过也许她们现在已经长大，不再关注这个笔袋了。尽管如此，这种感觉还是像失去了一段家族记忆一样，让人不太舒服。

迪伊用手指抚摩着每颗草莓，就像茜茜以往做的那样。奥赛喜欢看她这么做。还有，当她用满是欢迎的脸庞对着他微笑的时候，他刚见到她时内心感受到的火焰又燃了起来。

第二部分

晨歇（上午的课间）

一

奥赛和迪伊，在树上，坐在一起

亲——嘴——巴，在——一——起——

先相恋，后成亲

再然后，迪伊就推着婴儿车哩！

上午课间休息的时候，布兰卡径直来到操场找咪咪。咪咪还在为早上洛德小姐教给他们的 X 和 Y 们而头晕。"严格来说，你们要到八年级才学代数，"她宣布道，"不过七年级数学会用到一些代数知识点，将来你们的老师教到这个的时候，我可不想我在这所学校教过的学生脑子里一片空白。而且，布拉班特先生已经开始让他的学生学方程式了。你们可不能落后。"

洛德小姐受不了其他班的学生比自己班的学生学习进度更快，因为别的班有更具经验的老师和更聪明的学生，比如帕蒂、卡斯珀和迪伊。不过，咪咪本可以告诉她，布拉班特先生班级里的每一个聪明的帕蒂，都对应着一个布兰卡：一个穿着紧身上衣，上课偷吃"此刻未来"牌糖果而染红嘴唇的布兰卡。当她抓着咪咪叫喊的时候，空气中弥漫着一股人造樱桃的味道："迪伊把她的笔袋给了那个新来的男孩——我看见他拿着它！"

"什么？史努比？"和很多女生一样，咪咪可以逐条列出她朋友的行头和财物，尤其是令她羡慕不已的东西：布兰卡的圆点弗拉明戈鞋、迪伊的猫头鹰项链，还有她姐姐那件锃亮的红色雨衣。

她知道谁有以《鹪鸹家庭》为主题的午餐盒，知道谁有笔头上有巨魔娃娃 [1] 橡皮擦的铅笔，也知道谁有笑脸胸针。她当然也知道迪伊的笔袋长什么样，正如迪伊也知道她的笔袋是用旧牛仔布做的，外面有一个口袋，放着咪咪的"救生圈"牌冬青味急救糖果。

"我简直不敢相信！"布兰卡把手臂搭在咪咪的肩膀上，好像两人是最要好的朋友似的。她总是自以为与别人很亲密，尽管其他女生并无同感。

咪咪从布兰卡的手臂下挣脱开："所以，迪伊打算拿什么来当笔袋呢？"

布兰卡耸耸肩："不知道。而且，他们还坐在一起，还一直在聊天！我敢打赌他们已经在桌子底下牵手了。"

"你带上跳绳了吗？"

"迪伊会拿来的。我们去海盗船上等着吧。"

海盗船是木制的，有一个可以在里面扭动前进的船舱，还有一块倾斜的甲板，仿佛正在狂风中航行。船上有一根长长的桅杆，上面有一个瞭望台，可以通过绳索或是绳梯爬上去。这艘船是为了纪念亨特夫人而建造的，她在学校当了二十五年的校长，几年前刚退休。女生们喜欢在倾斜的甲板上躺成一排，把脚抵在船舱上方，看谁的泡泡糖吹得最大。课堂上，她们是不能嚼泡泡糖的，所以她们等到上了船才会在嘴里塞满"大家伙"牌泡泡糖，有粉色的、红色的，还有紫色的。只有咪咪不能这么做，因为泡泡糖会粘在她的牙套上。

---

[1] 巨魔娃娃，又称印第安毛孩，由丹麦人托马斯·丹始创于1959年。

两个四年级男生正顺着绳索往上爬，不过他们看了一眼咪咪和布兰卡之后就跳下来走了。咪咪叹着气在甲板上躺下。"明年我们就是操场上最年轻的几个了，"她闭上眼睛，脸朝着太阳说道，"初中的操场上甚至没什么东西可以玩。没有秋千，没有滑梯，没有海盗船。我敢打赌，他们连跳绳都没有。"

"你说得对，不过我已经准备好了。"布兰卡一边"啪嗒啪嗒"地嚼着泡泡糖，一边用她光溜溜的长腿踢打着甲板，"我受够了这所学校。我想要认识一些新朋友。"

咪咪笑了，双眼依旧闭着："你指的是新来的男孩吧？"

"迪伊才是认识新来的男孩的那一个。我可不确定是否要认识他。"布兰卡轻描淡写地说道，好像只要她愿意就可以拥有他一样。

"为什么不呢？你甚至连他是怎样的都不知道。"

"我明白，但是……这会很奇怪呀。"

咪咪睁开眼，看着布兰卡："奇怪在哪儿呢？"她很喜欢看布兰卡陷入尴尬。

"嗯，比如说，他的头发摸起来会是什么样的呢？会不会很油什么的？"

咪咪耸了耸肩说道："那又有什么关系呢？你会摸卡斯珀的头发吗？"布兰卡和卡斯珀分分合合已经有一年了，咪咪并不确定他们现在是不是在一起。通常，这取决于卡斯珀有多么受不了布兰卡的黏人程度——不过，他们在一起的时候，看起来似乎比其他尝试着在一起的"情侣"更名副其实。显然，比她和伊恩之间的关系要真实得多。

"还是觉得很奇怪。"布兰卡吹了一个粉红色的泡泡，旋即把它吹破，落在她丰满的嘴唇上。

"也许他还会觉得你很奇怪呢。"

"我可不奇怪！你才奇怪！"

两人的斗嘴本可能会升级，不过迪伊此时加入了进来，把她们的注意力吸引到了她身上。"跳绳呢？"布兰卡问道。

"噢，我忘了。"迪伊看起来很迷糊，一副大梦初醒的样子。

布兰卡笑了起来："真不敢相信，你居然给忘了！某人真是坠——入——爱——河——啦。"

咪咪朝地面光滑的跳绳区域望了一眼，那里已经都是人了。有两组跳单绳和一组跳双绳的挤在一起，其中两组人是五年级学生，只要她们想就可以把她们赶走。但是，迪伊却在一旁安顿了下来，她和布兰卡看起来都不急着回去取跳绳。"不好意思，我迟到了，"她说道，"我刚才在跟奥赛说男厕所在哪儿。"

"奥赛？"咪咪重复了一遍。

"就是新来的那个男孩。他说我们可以叫他'奥'。这个早上我都在照顾他。不过，他其实并不需要——他很适应新学校。过去六年他已经去过三所学校了。"

"他人怎么样？"

"超级好。真的。而且很聪明。顺便说一句，他来自加纳。我之前弄错了。你听过他的口音吗？太可爱了。我可以一整天都听他说话。"

她陷得不轻啊，咪咪心想。"他为什么来华盛顿？"

"他爸爸是个外交官，被派到了市中心的大使馆。"

"不过，为什么是现在？再过不到一个月，这个学年就结束了。他在这里当新生只有这么短时间，然后九月又得在一所新学校重新来一遍，这看起来很不值呀。"

"他说，他爸妈觉得他应该在这所规模较小的学校里先认识些朋友，即使是短短几周，这样他升入初中的时候就能有些认识的人了。"

"真是疯了，"布兰卡插话道，"谁会想当两次新生呢？"不过她已经对这个话题没兴趣了，她的眼睛盯着卡斯珀，后者正拿着一个红色的大橡皮球从海盗船旁边走过。"卡斯珀，要一起来吗？"

卡斯珀朝她们笑了一下。他平易近人的笑容、齐肩长的波浪金发和天蓝色的双眼，使他成了操场上到目前为止最帅气的男生。"不行——我们要去踢球。"

"希望你们队能赢！"

咪咪朝迪伊看了一眼，希望她能和她一起朝着布兰卡的愚蠢言论翻白眼。不过，迪伊的目光始终盯着操场入口。"希望奥赛别迷路了，否则他会来不及踢球的。"

咪咪苦恼了。现在，迪伊做的每一件事、说的每一句话，都与这个新来的男孩有关。只要有机会，她就会提起他，迫切地大声说出他的名字，细细品味着它的特殊含义，完全无视了周遭的一切。而这种秘密的感觉，其实也是美妙的一部分。甚至，咪咪也曾经短暂地陷入过这种感觉，在旗杆下与伊恩在一起之后，她也会不自觉地比平常更多地提起伊恩。

现在，奥赛走过来了，慢动作一般地从海盗船边路过，他把头转过来，朝着迪伊微笑，仿佛她是操场上唯一的女生。咪咪有一种被排除在外的强烈感觉，就好像站在一个被围墙包围着的美丽花园之外。这种感觉让她想像一只猫一样大喊出来。**我应该试着对他友善一点**，她斥责自己道，**迪伊是我的朋友，即便她现在打算把所有的时间都花在他身上，她依然是我的朋友**。

她朝着男生们看了一眼，他们在操场一角，像蜜蜂一样簇拥在伊恩和卡斯珀的周围。儿童足球是少数男生和女生可以一起玩的游戏之一，不过，这个操场上有个不成文的规定：上午课间休息的时候，只有男生可以玩；下午课间休息的时候，女生也可以加入。

"我敢打赌，伊恩会选择奥赛加入自己的队伍。"她主动提道。不过，她现在说起伊恩的名字时已经不会像迪伊说起新来的男孩时那样兴高采烈了。咪咪和伊恩才在一起三天，但她已经觉得自己该从这段关系里脱身了。当她想起今天放学时和他分手的计划，肚子不禁疼起来。他是那种永远不会忘记自己被轻视过的男生，那种会等着机会复仇的男生，即便要等上好几年。她估计只能等他厌倦自己了。不过，她也不知道这需要多长时间。

和他在一起只有一件事情是好的——咪咪还是会怀念起抓着绳子末端、绕着旗杆飞翔时的快感。无论伊恩现在让她产生什么样的感觉，至少他给了她那一瞬间的自由。

"卡斯珀可能会选择奥赛到他的那队。"迪伊说。

"我们不会是坐在这儿看男生们踢球吧？"布兰卡抱怨道，"太无聊了吧！我宁愿去看跳双绳。"她跳下海盗船，朝着跳绳区走去。布兰卡总是很擅长插话，她总有一次能成功。咪咪的眼神随着她跟了过去，她心动了。

"你们说，奥赛脑袋的形状是不是最美的？"迪伊说道，"还有他的眼睛——当他看你的时候，他是真的在看着你，你们明白吗？"

"我没注意到。"实际上，咪咪注意到了，"布兰卡跟我说你把史努比给他了。"

"是的，我们交换了。他给了我一个上面有草莓的粉色笔袋。太可爱了，你一定会喜欢的。啊，他真的好大方。"

咪咪考虑过向迪伊指出，交换算不上是大方，因为他也得到了一个笔袋。但是她想了想，觉得还是不要说比较好。她站了起来。看跳绳可绝对比听迪伊聊新来的男孩要好得多。

"不要走。"迪伊把手放在咪咪的手臂上，"我真的觉得你会喜欢奥赛的。早上我们上地理课的时候，要在世界地图上填各国首都的名字，我是跟他一起完成的。他填得特别快，而且全都填对了。你知道他在罗马住过吗？还有伦敦，还有加纳的阿克拉，现在他到了这里。他在四个首都城市居住过了！啊，还有纽约。"

"他会说意大利语吗？"咪咪不由自主地提起了兴趣。

"我没问他，不过你想知道的话我可以帮你问他。他能来这里我真是太高兴了。我喜欢他，胜过以前任何一个男生。"

"迪伊，他是个黑人。"咪咪的言辞比她的本意要更激烈一些，但是她想要摇醒她的好朋友——还要小小地惩罚她一下，惩罚她为了一个男生而抛弃了自己。

迪伊"扑哧"一笑："所以呢？"

"所以……你不介意吗？"

"这有什么关系呢？"

"因为他和我们不一样。他很显眼。"咪咪也不确定，自己为什么这样说，她甚至不确定自己是否真的这样想。她也明白，她听起来和几分钟前的布兰卡一模一样。但是她还是坚持着，她想警告她的好朋友，警告她自己隐约感觉到即将要发生的事情。"大家都会嘲笑你的。他们会说，你和一只猴子在一起。当然，不是我，但其他人会这样做的。"

迪伊盯着她："你在开玩笑吗？你对他只有这一点想说的吗？你想告诉我，他和别人太不一样了，所以不能和他在一起？"

"不是的，我……忘了我说的吧。我是你最好的朋友，我只是想确保你不会受伤害——不是被他伤害，而是——"

"他的名字是奥赛，咪咪。为什么你不叫他的名字呢？"

"好的，奥赛。他看起来人挺好的。但是，你如果和他在一起的话，会遇到很多麻烦的。还有，你妈妈会怎么说呢？她肯定会大发雷霆的！"

咪咪提到迪伊母亲的时候，迪伊的脸瞬间就变得苍白了，她随后用蔑视的表情掩饰了自己的担忧。"我不在乎其他人怎么想——包括我妈妈。我喜欢他，正是因为他的**与众不同**。"

男生们此时已经分好组，开始踢球了。迪伊始终远远地看着运动场上背对着她的奥赛。"你知道吗？"她补充道，"我本来可以挑你和伊恩在一起的刺儿的，但我没有这样做。"

这可能是我应得的，咪咪心想。"我很抱歉，"她说，"我只是想帮你，别生我的气。"

"我没有。我本可以生你的气，因为你说的这些话很冒犯人——对于奥赛，对于我，都是如此。但是我知道你不是故意的。别担心，我可以照顾好我自己。"迪伊这一连串成年人式的情感表达在咪咪看来并不是很有说服力，而且让人感觉带着一种优越感。不过她只是点了点头，庆幸自己的朋友没有生气。此时的迪伊深陷爱河，又怎么会生气呢？

咪咪扭过头，看着伊恩把球掷向第一个踢球手，她可以感觉到在她脑海里和肚子里愈演愈烈的紧迫感。最终，这种感觉必须要被释放。

*

上午课间休息的铃声响起时，奥赛松了口气。尽管教室里更安全——他有自己的课桌，他应该待着的区域；他还有自己的课业，他应该做好的事情；最重要的是，他还有迪伊一直关照着自己——然而，一个半小时之后，教室里变得很闷，无论操场上有怎样的危险，他都已经准备好迎接新鲜空气了。

这个教室和他以前待过的很像——尽管，它可能比英国和意大利的学校要更自由主义一些。墙上到处贴着学生们的各种家庭作业：画着学生自画像的艺术作品，关于光合作用、熊猫、澳大利亚、马丁·路德·金的海报。窗台上放着各式各样的岩石碎片：石英、大理石、花岗岩、玄武岩。有一面墙上全是关于"阿波罗号"太空任务的内容，还有一个阅读角，放了很多靠垫和豆袋椅，完成作业后就可以去那里休息。墙上还贴满了有和平标志和披头士的《黄色潜水艇》专辑封面的海报。迪伊悄声告诉他，这是由一个对"开放式课堂"概念充满热忱的助教建起来的，不过布拉班特先生不是很认可这个阅读角，在背后称她是一个嬉皮激进分子，只有在助教在的下午，他才允许让学生使用阅读角。

布拉班特先生的办公桌在教室前方，他端坐在桌子后面，仿佛一名注意力集中的士兵，让全体学生也安安静静地端坐着。他穿着西服，打着领带，看起来一本正经。奥赛喜欢这样的老师；当他们很严格时，你知道自己所处的位置。只有当他们想和你成为朋友的时候，误会才会产生。不过，布拉班特先生冷冷地注视着他，眼睛中并无热情，而是充满机警，就好像他在等着奥赛做一些能让他进行惩罚的事情一样。奥赛很熟悉这种情况，他必须要注意自己的举止。

　　等布拉班特先生问完奥赛关于笔袋的事情，而他悄悄地跟迪伊做完交换之后，老师说道："好了，同学们。"于是，每个人都站了起来，面朝着门口挂着国旗的角落。他们把右手放在左胸心脏的位置，开始背诵道："我宣誓，向美利坚合众国国旗效忠……"迪伊看了奥赛一眼，看见他开始和其他人一样说出这些话，她明显地松了口气。他成功忍住了想笑的冲动，否则这会削弱誓言的严肃性。奥赛以前从来没有在美国以外的学校里做过如此爱国的行为——不过，他确实有一次在伦敦罗德板球场的板球比赛上吟唱《天佑女王》[1]的经历。那次比赛，他是和他父亲一起去的。从来没有人质疑过《效忠宣誓》[2]，除了他在纽约的学校里的一部分同学，他们说"被上帝庇佑的国家"这一说法侵犯了他们作为无神论者的公民权。就在他们争个不停的时候，奥赛却保持了沉默——他没必要给自己带来更多的负面关注。而且，等他发现无神论者意味着什么之后，他知道，如果母亲听见他自称无神论者，

---

[1]　英国国歌，歌名和歌词随在位君主的性别而有所改变。例如，男性君主在位时，歌词中的"女王"改成"吾王"。

[2]　指向美利坚合众国及其国旗表达忠诚的行为。宣誓词最初由弗朗西斯·贝拉米撰写，并于 1942 年被国会采纳。迄今为止，该誓词一共被修改过四次。

一定会尖叫出来。奥赛自己倒是不太确定上帝是否存在。在教堂里面，主的存在是很合理的，但是当他刚离开学校就被摁倒在地上挨揍的时候，他不知道那时上帝在哪里。

后来，当他告诉他姐姐茜茜无神论者说的话之后，她哼了一声："他们如果想知道什么是公民权，应该来问你才对。"那时候她正在经历"试着听起来更像美国黑人而不是非洲人"的阶段，说话的时候音调更高，语法更随意，元音拖得更长。奥赛还不觉得自己已经准备好跟她一样，尽管，只要他愿意，他随时都可以听起来像个美国人。他们早年在加纳待了几年，此后每年夏天会回去一下，从那以后，他们就能够像水龙头一样，自如地开启或关闭他们的口音，这点和他们的父母大不一样。有时候，这个能力可以给他们带来很多便利。

奥赛已经决定好了，在这所华盛顿的学校，他将会强调自己的非洲特性。白人似乎觉得非洲人的威胁小一点。当然，也不是一直如此。不过他能感觉到白人对美国黑人的恐惧——而后者也找到了利用这种恐惧的方法。这似乎是美国黑人的唯一优势了。

在背诵完《效忠宣誓》后，布拉班特先生递给迪伊一块红、白、蓝三色的三角布，她和另一个女生要离开一会儿了。在那之前，迪伊轻轻地对他说道："我得去把国旗升上去，马上回来。"奥赛完全不懂她在说什么，不过她一走，他就觉得自己更加暴露了。他能够听到周围的耳语和窃笑，他试着去无视这些。他对面的帕蒂正从刘海儿下面偷看他，被他发现后，她脸红了。帕蒂旁边的邓肯则更加公然地打量着自己，表情很困惑，像是正在努力想出一个关于奥赛的笑话，不过失败了，因为他不够聪明，他自己也知道。

奥赛不想承认这一点，但是当迪伊回来坐回他旁边的座位时，他确实松了口气。

虽然布拉班特先生很严格，但是整个早上他都允许迪伊低声向奥赛解释各类事情。她显然是老师的最爱——老师的乖宝宝，在美国，大家都这么说。奥赛从来没有成为过老师的乖宝宝，因为别人从来都没有真正弄明白如何去看待他。他足够认真：完成作业，上课专心，不做坏事。不过，他不会积极举手，或是写很有趣的故事，或是画一幅好画，或是阅读超出能力范围的书籍。因为搬家频繁，他的知识面经常有断层，这让他犯了好几次错。他是一个不折不扣的 B 类学生。

奥赛怀疑，老师们显然松了一口气——他没有因为调皮捣蛋、考试不及格或是积极表现而引人注目。显然，某些老师会预感他有不端行为。他们也许会因为一个黑人学生让他们难堪而感到有点紧张，不过其他人可能会希望他这么做，这样他们就可以惩罚他了。有时候，他们会很惊讶于奥赛在数学突击测验中拿一百分，或是知道青铜是由锡和铜制成的，柏林有一面把它一分为二的墙壁。他们会对他投去怀疑的眼光，好像他在用某种方法作弊，尽管实际上，他是因为听到她姐姐做作业时说起过才知道的。

不过，其他时候，他会被最简单的事情难倒：不知道美国内战中的两位主要将领，不知道是谁刺杀了亚伯拉罕·林肯，也不知道约翰·汉考克[1] 有一个精心设计的签名。他学的长除法是英

---

[1] 约翰·汉考克（John Hancock, 1737—1793），美国革命家、政治家，是《独立宣言》的第一个签署人。

式的，和美式的大相径庭——不过他依然得出了相同的答案。每当他犯错的时候，奥赛能够感觉到老师们在默默点头，心里窃喜。这就是他们所期待的——一个黑人男孩，搞砸了。

一个小时之后，全班同学突然集体站了起来，把奥赛也带着站了起来。一个中年女人出现在门口。她那一头灰色的头发如同头盔一般，身穿一件深绿色的裙装，戴着一串厚重的假珍珠项链，浑身散发着威仪。奥赛知道，她一定是校长，亲自过来看看自己。

"杜克夫人。"迪伊低声说道。

"早上好，同学们。"她说。

"早上好，杜克夫人。"他们答道，语调顺从，和奥赛在其他学校听到的一样。

"大家请坐吧。我是来和我们的新同学奥斯·科科特打招呼的。"她把他的姓氏念对了，不过把他的名字念成了"奥斯"，带着厚重而刻意的重音，仿佛得努力一下才能说出这个名字。奥赛没打算纠正她。

"奥斯来自加纳。对吗，奥斯？"她的眼神刚好落在了他的头上。

"是的，夫人。"他自然而然地答道。

"杜克夫人。"迪伊再次低声说道。

"嗯，奥斯，你能不能站起来跟大家说说关于加纳的事儿？"尽管她的语调在话尾处提高了，但这很明显是命令而不是询问。

"好的，杜克夫人。"奥赛站了起来。他没有很担心，他以前也不得不做这些。

"加纳是西非的一个国家，"他开始了介绍，"坐落在多哥共和国和科特迪瓦之间，大西洋沿岸。加纳拥有九百万人口。首都是阿克拉，我就出生在那里。加纳过去是英国殖民地，一直到1957年加纳宣布独立——就像美国在1776年那样，"他加了一句，因为他可以看见其他同学困惑的表情，"阿昌庞将军在1972年发动了政变，成了国家领袖。"奥赛还记得回到加纳的那个夏天——机场里的坦克和端着机关枪的士兵。他们一家没有待在阿克拉，而是直接去了他爷爷的村庄，那里的一切还和往常一样。

同学们更困惑了。美国从来没有经历过政变，他们怎么会知道呢？奥赛回到了大家更熟悉的话题上。"加纳属于热带气候，全年都很温暖，春天和夏天是雨季。它的主要产物是可可、黄金和石油。"

他停了下来，看着杜克夫人，判断她是否希望自己继续。他不喜欢把充满活力而又复杂的祖国简化成苍白的寥寥数语。但是他知道，那就是她想要的。

整个教室都安静了。布拉班特先生朝窗外看着，眉头紧蹙。但是杜克夫人点了点头，她很满意。"很好，奥斯。你说得很清楚。我一直都很欢迎本校新来的学生教其他同学一些关于这个世界的知识。"她对着全班同学说道，"我希望你们能欢迎奥斯，让他在接下来的一个月里像在家里一样。"

她要是在那里打住就好了。

"他过去可能不像你们一样，在这所学校拥有这么多机会，所以我希望你们能够抓紧每一次机会，把我们可以提供的一切提供给他，这个没有那么幸运的学生。"

最后半句话让奥赛咬牙切齿。杜克夫人的言论让他想起了雪莉・杰克逊[1]的短篇小说《您先请，亲爱的阿尔方斯》，在小说里，儿子将一位黑人朋友带回家，而儿子的母亲则暴露出了对其的偏见。那一年的早些时候，纽约的一个老师出于好意，让全班同学阅读并讨论这篇小说，她以为他们已经足够成熟，能够应对这个话题了，而且这个话题能够帮助他们了解"人际关系"，她的原话是这么说的。但是，从那节课之后，他的同学在他身边总是表现得异常尴尬。

校长对布拉班特先生点了点头："谢谢各位同学。你们可以继续上课了。"她走了之后，她的香水味儿——浓浓的花香——还在教室里弥漫着。

下课铃声响的时候，迪伊低声说道："现在是晨间休息。"奥赛松了口气，他甚至不知道自己一直吸着这口气。不过，他还是不紧不慢地走到了外面，先朝厕所走去——在迪伊的带领下。她似乎很不想离开他，即使是在他坚称自己认识去操场的路之后。"你的朋友在等着你。"他说。

她耸耸肩："她们可以等的。"

"她们会说你的闲话的。"

她笑了。

"真的，"他最后说道，"我没事。你先走吧。"

她脸红了，然后就走了。她刚走，奥赛就希望她能马上回来。有人这么明显地关心着自己，这实在让他受宠若惊。

厕所里没人，这让他轻松了一点，不过他还是去了隔间，而

---

[1] 雪莉・杰克逊（Shirley Jackson，1916—1965），美国著名哥特惊悚小说家，代表作《摸彩》。

不是小便池那儿。这样一来，就算有人进来，他也不用忍受别人为了偷看他的"装备"的颜色和大小而投来的尖锐目光了。

以新来的男孩的身份来到操场，第二次比第一次要更艰难，因为第一次的时候，惊讶通常会带着他抵达课桌这个避风港。而现在，随着他走出教学楼，走进操场，奥赛知道大家在等着他，看他在做什么，尽力表明他和他们不一样。

这种感觉，和他每个夏天与家人一起抵达阿克拉机场时的感受截然不同。从机场走到外面时，热浪迎面而来，让他的头皮直冒汗。车马喧嚣，鸣笛声无处不在，出租车司机叫喊着招揽生意，四周都是高高低低的声音与响动——这是一个不会隐藏自己感受的社会所发出的尖叫和呐喊。除了这些，奥赛总是能感受到一些更深刻的东西：和跟自己长得相像的人在一起的那种轻松。他的族人不会盯着他，也不会对他的肤色评头论足。当然，他们很快就可能会评论他的其他方面——人类总是抑制不住去与他人攀比的心——穿着、财富、学校里学的课程、父亲的职业、去哪里度假，或是头发的造型。但是那种一下子就能感受到的归属感，还有在相同肤色的人群中作为一个无名者的感觉——是奥赛每个夏天所期盼的，也是他在一整年剩下的时间里所怀念的。

他站在操场上，看着大家的蓝眼睛朝他看过来。进行中的对话逐渐平息，空气变得稀薄，一切的一切，都变成了对他过分密切的关注。

不过，这种感觉没有持续很久。和以往一样，体育活动拯救了他。比起课程表、突击测验和美国历史年表，奥赛对球、球垒、得分和球队要有信心得多。体育是他熟练掌握的一门语言，因为他不需要在每次搬家后学新的东西。板球和垒球虽然有区别，但是挥动球杆、抓球、跑动——这些动作能够被很轻易地运用到另一项运动中。

六年级男生正在操场的一头集合，准备踢球。奥赛知道自己最好能够加入他们。参与进去是比一个人待着更稳妥的选择。他在加纳和罗马学会了踢足球，在伦敦学会了板球，在纽约学会了垒球和篮球。儿童足球有点像垒球，也有点像英式棒球，都有垒、跑垒、外野手，还有一个投手会把一个篮球那么大的红色橡胶球向你滚过来，然后你踢一下球，开始跑。要认真对待一个弹来弹去的球有点可笑，踢的动作则让每个人都看起来有点可笑。但是这个玩起来还挺有意思的，而且你不需要很擅长踢球或是接球。每个人都有机会玩好。甚至美国女生也会玩这个，但是奥赛过去从来没见过意大利或英国女生踢足球。

他倒是不担心游戏本身，但是，选择队伍对他来说就像是进入温热的游泳池之前必须要经历的冷水澡一样。作为新人，他可能最后才会被选中，因为他是一个未知数，也没有可以指望的同盟。这种感觉总是很屈辱：站在那里看着身边的人一个个被挑走，左右两边的人逐渐减少，直到只剩下一两个人——孱弱的、生病的、没有朋友的，还有黑色皮肤的。通常，他会把目光锁定在远处的某样东西上，这样他就不用忍受他们的笑容，以及——更糟糕的是——怜悯的表情。如果队长们还有点仁慈之心，他们不会拖沓，而是迅速地把剩余的人分队。不过有时候，有的队长会慢慢地挑选，研究谁被剩了下来，还会大笑或是对着队友说一些羞辱人的话，奥赛只能站在那里，双拳紧握，想象着母亲的话"拒绝暴力，奥赛，打架不是解决问题的办法"。奥赛并不是每次都听从母亲的话。

今天，他站在一旁，已经想好了等着和其他失败者一起面对残局。至少，远方有值得他看着的人：迪伊正在操场的海盗船上和她的朋友们坐在一起，她正朝着他微笑。

奥赛正用微笑回应着迪伊的时候，感觉有人轻轻推了他一下。"嘿，"他旁边的一个大块头跟他说，"伊恩选了你。"

奥赛抬起头，他很惊讶。两边的队长——卡斯珀和伊恩——已经各自选了一个队友，正在开始第二轮的选人。伊恩是那个告诉奥赛在早上上学前站在哪里的男生。他的眼睛是像板岩一样的灰色，带着一丝防备，让人难以看透。奥赛理解这种眼神里的遮盖意味，他自己也曾这样做过——为了自保。实际上，他现在也正这么做着。

"你——你叫什么名字？"伊恩问道。

奥赛犹豫了。**我是以阿桑提国王**[1]**为名的**，他想说，**我的名字寓意"高贵"**。但是他一句也没说，尽管他为自己的名字感到十分骄傲。也正是因为这一点，他想保护自己的名字，让它免受欺凌和玩笑。"叫我奥吧。"他说。

"奥，你以前玩过儿童足球吗？"

"玩过——在纽约。"

周围一阵沉默。他注意到，提到纽约总是能激起其他城市居民的敬畏，他们总觉得纽约是一个庞大而危险的城市。他并不打算告诉他们，自己去的是一所平淡无奇的私立学校——同样也

---

[1] 阿桑提帝国曾位于非洲西部，部分疆域覆盖现今加纳的位置。

全是白人——而不是一所更具挑战性的公立学校。另一名队长卡斯珀点了点头，以示尊敬。奥赛看出了他是哪种类型的人。他有点像《鹧鸪家庭》里金发的大卫·卡西迪[1]。茜茜曾在她房间的墙上挂着他的海报，这持续了几年时间，不过后来，就被马尔科姆·艾克斯的一张海报替换了。

"好的。"伊恩随后说道，并侧头示意让奥赛加入。

"他想干吗？"大块头对旁边的男生说道。奥赛正尴尬地朝伊恩的队伍走去，他感到十五双眼睛正盯着自己，这让他倍感压力。

直到他走到队伍这边，伊恩才说道："黑人都很擅长运动，对吧？"

其他男生纷纷吹起了口哨，哈哈大笑。

奥赛没有面露嫌恶，没有揍伊恩，也没有走开。嗯，这是个心直口快的家伙。能够公然听到这种偏见，这反而让人轻松了。现在，他也可以坦率地面对了。"我这个黑人男生很擅长。"他说。

他决定要狠狠地踢爆那个该死的球。

他们队掷硬币输了，所以要先进行防守。伊恩没有分派每个队员的位置，不过奥赛径直走向表现机会少一些的外野，他知道，自己最好不要去选出风头的一垒或是游击手。在长草区和弱者一起等待机会来临，这已经让他很满足了。

和垒球一样，儿童足球也有四个垒，选手要在它们之间跑动才能得分。如果外野手在你踢完球，成功跑垒之前，就把球扔到了垒，或者你在成功跑垒之前就被触杀了，又或者你把球踢到空中，但是外野手在球触地之前就把它接到了，这些都意味着你出

---

[1] 大卫·卡西迪（David Cassidy，1950—2017），美国演员、歌手、词曲作家、吉他手。

局了。如果某一队三次出局，那么两队就交换球权。成功跑垒次数最多的队伍获胜。

一个叫罗德的男生先发起进攻。他把球踢得又低又猛，皮球从一垒和二垒之间穿过，朝着奥赛左边笨拙的外野手飞去——那是个动作迟缓的男生，他抓住球，用力地把它扔了出去。不过由于用力过猛，皮球朝着奥赛飞了过去，而不是向内野。等他捞起球，再往内野扔去的时候，罗德已经抵达二垒了。队伍里传来阵阵抱怨声，伊恩还说了一句"老天"，不过，至少这些不是冲着奥赛来的。对于刚才的情况，他已经尽力了。

无论如何，能够摸到球的感觉还是很棒的。在第一次触球之后，他总是能感到更加自信。

下一个男生把球踢得又近又高，投球手伊恩轻易地就把球接住了。一人出局。此后，对方球员做了每一个有判断力的球员都会做的事情——利用对方队伍里最弱的点——他们有意针对奥赛左边的男生。他们第一次这样做的时候，球落在了行动缓慢的男孩的另一侧——太远了，奥赛帮不上他——以至于一垒手不得不跑去接球。那一次，罗德跑到了三垒，踢球者跑到了一垒。不过，后面一球踢得又高又猛，那个行动缓慢的男孩伸开双臂站在下面，希望能刚巧在那个瞬间奇迹般地发挥自己的运动潜能，然后成功地抓到球。奥赛本可以把他撞开，自己抓住球——当时的时间足够他完成这个计划。但他没有那样做。强行挤开虚弱的人，他总觉得这样做不太对，况且，这对两人也许没什么好处。所以他跑了过去，站住，看着球从男孩的双臂间掉下。然后他捡起球，用力地朝二垒扔去，而守垒员设法触杀成功，对方跑垒员出局了。

第二个人出局了，不过，罗德全垒得分了。

第一轮里面就剩下一个跑垒员了，这时卡斯珀走上前，准备踢球。对于有些男生，哪怕你以前从未看见过他们的表现，也能一下子知道他们能做得很好。出于对卡斯珀的能力的尊重，奥赛和其他几个内野手后退了几步。他们知道，他这一脚，将会前所未有地猛烈。同样，卡斯珀也是个值得尊敬的对手：他不打算把球朝弱者踢过去。奥赛朝海盗船看了一眼，发现女生们都在看卡斯珀。他感到心脏被猛捶了一拳，因为有另一个人抢走了全部的注意力，哪怕这个人是像卡斯珀这么善良的孩子。伊恩把球向他滚过去，卡斯珀踢了一脚——高高地直入天空，旋转着，旋转着，朝着奥赛降落。他几乎不用动——只需要往前一步就能够碰到球。皮球猛地落在了他的双臂之间，刺痛了他的脸颊，猛击着他的胸口。不过他坚持住了，没有松手。卡斯珀出局了。

队里爆发出了尖叫声。"干得漂亮，奥赛！"有人喊道。随后，他拿着球朝伊恩走去，伊恩正对着他点头，大家都在尖叫着他的名字，远处的女生们正庆祝着。有那么一瞬间，奥赛忘却了对自己黑皮肤的极度敏感，感觉自己只是操场上一颗闪耀的新星。

他向投球手的位置走去，经过卡斯珀身边的时候，卡斯珀说："接得漂亮。"卡斯珀的话里，没有一丝嫉妒或嘲讽，他说的是心里话。他的坦率和自然流露出的自信很吸引人。但这些，还是让奥赛想把他绊倒。

奥赛没有想当然地认为一次漂亮的接球就能让他成为队里的明星，也不认为伊恩会因此把他放在跑垒踢球手的最佳顺位之一，比如第四位或者第五位，这时候垒上已经有很多人，一脚好球能够赢得好几个跑垒。

伊恩确实没有那样做。"显然，你很擅长投球，也很擅长接球，"伊恩在队伍集合到本垒的时候说道，"不过，你能踢球吗？"他用他那浑浊而灰暗的双眼意味深长地看了奥赛一眼。他的眼睛靠得太近了，当你看着它们的时候，会感觉失去了平衡。随后他朝本垒做了个手势，奥赛意识到，这是希望他先上的意思。

这并不是一个疯狂的策略。如果你不知道某人的表现会有多好，你可以让他们作为首发出来试试，全队依然有很多能得分的机会。当然，如果首先上场的男生把球踢得很远，那就太浪费了，因为他除了自己的跑垒外，无法为本队赢得任何跑垒。

而这正是奥赛打算做的，也是他必须要做的。他不能表现出投球、接球很棒，踢球却很糟。他甚至都不能仅仅踢出一个中等水平的球——一个足够到达一垒的球。他必须要踢出一个本垒球。

走向本垒的时候，奥赛听到了从球场上传来的窃窃私语，他很高兴地看见对方的外野手们都向后退了几步。他们对他抱有极高的期待。迪伊和咪咪此刻正站在海盗船上朝这边看着。实际上，这种感觉就像整个操场都在屏息以待。

在罗马的学校里，奥赛在踢球的时候经常是当守门员的。其他男生不喜欢和黑皮肤的男生有肢体接触，要最大限度地避免这一点，那就得让他当守门员。在那个位置，他至少学到了如何把球踢得又高又远。通常，一个守门员是站定着踢球的，所以，当卡斯珀出人意料地把球快速向奥赛滚来的时候，他花了几秒钟估算，然后跑着迎上去，感觉到他的脚趾和皮球接触上了，结结实实地接触上了。这个球肯定能踢得很远。

这个球，确实飞得很远。皮球高高地飞过了所有外野手的头顶，飞过了操场四周的铁丝网围栏，弹在了街对面停着的一辆蓝色奥兹莫比尔超级短剑跑车的顶上。场上传来了一阵欢呼声，来自女生们的，来自整个操场的——除了奥赛的队友，他们正在抱怨。

他四下张望，对他们的反应感到很困惑："那不算是本垒跑吗？"

"如果球飞出操场就不算了。"伊恩解释道。

"是的，"邓肯加了一句，"而且，如果球飞出操场我们就不能继续玩了。这是老师们的规定。他们很讨厌出去拿球。瞧，球都一路滚到枫树那里了。"

皮球滚到街上，撞到了停在路边的汽车的轮子，正朝着路口滚去。路口的司机们只能急转弯避开皮球，并按着喇叭抱怨。

"我很抱歉。我不知道会这样。"

"你知道吗？你把球踢到卡斯珀爸妈的车上了，"伊恩补充道，"他就住在街对面。"

"噢！我会道歉的。"

伊恩耸了耸肩。比起因比赛结束而生气，伊恩似乎更为奥赛的窘迫而感到好笑。

不过，这并没有持续太久。迪伊从海盗船上跑了过来。当她碰到奥赛的时候，她用双手抱住他，说道："刚才真是太不可思议了！"

奥赛僵住了，操场上的其他孩子也僵住了。欢呼声停住了，嘈杂声安静了。伊恩的笑容也止住了。

"她碰了他！"帕蒂低声说道，语气里混杂着敬畏和恐惧。这时，人群里又传来了新的声音。

"不仅是碰到了——她还拥抱了他！"

"靠！"

"我可不会这样——你呢？"

"你觉得他们是不是在一起了？"

"肯定是的。"

"只要她想，她可以和任何一个男生在一起，然而她竟然选择了他？"

"迪伊是疯了还是怎么的？"

"我不知道——他确实挺可爱的。"

"你在开玩笑吗？他是——你懂的呀！"

"不仅如此——他是新来的。她甚至都不了解他。"

"是啊，他有可能是拿着斧子的杀人犯，或是《驱魔人》里那个假扮成圣诞老人把女生勒死的人。"

"你看过？我爸妈绝对不会允许我看的。"

"我也看过《驱魔人》。和我哥一起偷偷看的。把我吓得屁滚尿流——尤其是她说话时那奇怪的声音。"

奥赛没有听见他们在说什么，不过这并不重要。他们都是见证者，见证了他跨越一条他从来没有打算跨越的红线。

*

迪伊抱着奥赛的时候，注意到他的身体变硬了，而当她从他光滑的手臂中离开的时候，她意识到了他们周围僵硬的气氛。咪咪盯着地面；男生们——伊恩、卡斯珀、罗德，还有其他人——双手放在身体两侧，像士兵一样伫立着。帕蒂轻轻地摇着头。迪伊碰到了奥赛，当着所有人的面。整个操场的人都抱着不赞成的态度，甚至奥赛本人看起来也是。这种感觉太强烈了，她不得不闭上眼睛。"我们去小树林吧。"她说道。那是她的避难所。

柏树林是这个操场最令人惊讶的特点。校园的设计师一定是对树林情有独钟，因此，这片柏树林在建校时没有被铲除，而是被保留了下来。设计师在它们周围建了这个操场，它们因此得以挺立在操场一角。可能是为了给留下柏树林找个合理的说法，那里还建了一个沙坑，但是从来没有人用过——这里属于高年级学生的操场，但是挖沙子是只有小孩子才有热情去玩的游戏。于是，它成了操场上的中立地带之一，各个年级的男生和女生都会来这里一起玩。

迪伊带着奥赛到了树林里，然后坐在了沙子上。他犹豫了一下，然后也坐了下来。两人并排坐着的时候，操场渐渐地又热闹了起来。男生们把皮球捡了回来，开始玩躲避球——伊恩和罗德扔得特别起劲，把穿着短裤的男生的小腿砸得满是红印。女生们玩起了跳房子，咪咪坐在沙堆不远处，和她的同班同学詹妮弗玩抓子游戏。布兰卡开始跳双绳了。

"刚才那一脚，踢得真是太棒了。"迪伊说道。

奥赛耸耸肩说："可是它砸到卡斯珀家的车了，而且它终结了比赛。"

"嗯，可是你又不知道。伊恩应该在比赛开始的时候就把规则告诉你。"她掬起一捧被露水打湿的沙子，慢慢地松开手指，让沙子从指缝间落下去，只留下柏树针叶和果子，"你在纽约玩过儿童足球吗？"

"我玩过一点。"奥赛一只手来回抚摩着沙子，把沙堆的一部分弄平。

"纽约怎么样？我总听到很可怕的传言。人们老是被抢劫，或是被谋杀。而且，纽约很脏。"

"噢，没有那么糟糕。我们住在城市里较好的位置。"奥赛停顿了一下，仿佛提起纽约让他回想起了一些事。

"怎么了？"

迪伊能够感觉到他心里正在权衡，考虑哪些该和她说，哪些不该说。"告诉我吧，"她说，"你可以告诉我任何事。"迪伊想要更了解他的渴望，几乎成了一种恳求。

"我们住在上东区，那里的大部分公寓都有看门人。"看着她一脸郊区人特有的茫然，奥赛微笑了一下，"他们坐在每幢楼的入口处，就像保安那样。不过，他们也会帮你打包东西、购物、叫出租车，诸如此类的。上东区那一带，没有很多……像我们这样的人。所以每次我路过一个看门人的时候，他都会仔细打量我，然后吹口哨让隔壁楼的看门人注意，然后他也会打量我，吹口哨。这种口哨会在整个街区传下去。通常，他们只有在有漂亮女生路过的时候才这样做。甚至在他们认识我之后，每天看见我路过，长达几个月之后，他们还是这样吹口哨。他们说这只是个玩笑，也许对他们来说，过了一段时间后，这确实成了一个玩笑。但是对我来说，这从来都不像是一个玩笑。这种感觉，就好像是他们在等着我做些什么。"

"做什么呢？"

"偷东西、抢劫，或是扔石头。"

"那真是……"迪伊不知道怎么形容。她还在试着弄明白他是住在一幢公寓里，而不是像她和她的朋友那样住在一座房子里这个概念。但是，她住在郊区，那里没有很多公寓。"那你自己的看门人呢？"

"他后来还行。他被某些看门人取笑了，不过我父亲在圣诞节给了他很多小费，这起了作用。不过，他从来不为我们招出租车，甚至在我们看见有空车路过的时候，他也会说没有空车，或者说他在忙别的工作。我们住在那里那么久，我只坐过两次出租车。"

迪伊自己从来没有坐过出租车——也从来不需要。多么异域的生活呀，还需要出租车！"跟我再说说加纳吧。"她说道，她只是为了多听听他说话。

奥赛坐得端正了许多。"关于我的祖国，你想知道些什么？"提及加纳，似乎令他变得更加严肃了。

"呃……"迪伊停了一下，思忖是否要提起她第一次听说加纳时就在她脑海里萌生的想法。不过，她喜欢他——真的很喜欢他——所以她想尽自己所能地对他坦率。"那里的人……吃人吗？"

奥赛笑了："你想到的是巴布亚新几内亚，不是加纳。巴布亚新几内亚在澳大利亚附近。"

"噢！抱歉。"

"没关系。我姐姐茜茜在罗马的一个老师也犯过那个错误，后来她让茜茜做了一份关于食人族的课堂报告。她先在我这里练习了一下，所以我全都听过。"

这比看门人和出租车还要令人吃惊。"意大利语里'食人'怎么说呀？"

"Cannibalismo."

迪伊咯咯地笑了，随后又变得严肃起来。"那么，或许你可以给我解释一下，为什么人类要吃掉对方。我一直无法理解。这真是太恶心了。"

"嗯，食人的其中一个原因是，有时候，人们没有足够的食物，比如闹饥荒了，或是被困在没有食物的地方。你听说过两年前的安第斯空难[1]吗？那起事故的幸存者只能靠吃死人的肉才能活下来。"

迪伊打了个寒战，她也不明白怎么把对话引到这个方向上了，不过她也不确定是否要换个话题。她从来都没有机会和任何男生——就此事而言，也没有和任何女生——聊过这么严肃的话题。

"大多数时候，食人和饥饿没有关系，"奥赛继续说道，"人们会在击败对方后吃掉对方，作为战利品。或者，有时候，人们会在心爱的人去世之后，吃掉他们身体的一部分，就好像把他们带回人间——就像，用自己的身体让他们复生。"

"啊！好恶心！"

奥赛笑了起来："在加纳，我们会在人去世之后唱歌跳舞，但是我们可不会吃了他们！"

迪伊想起了她祖父的葬礼，在南加利福尼亚州教堂里，他的遗体平躺在敞口棺材里。那是庄重而难堪的一幕，而且，她的新鞋子让她痛苦不堪。"有人去世之后，你们会跳舞？"

"是的。那是一个持续一整晚的大派对，有食物，有乐队演出，还有很多很多人。逝者的家人会在城镇里挂上告示牌，然后大家都会过来。我们会花很多钱在葬礼上——和我们花在婚礼上

---

[1] 1972年10月13日，一架载有45名乘客的客机从乌拉圭前往智利，后因遭遇风暴坠毁在安第斯山脉。机上45名乘客中有21人当场死亡，其余24名幸存者中，8人葬身于雪崩，16人生还。幸存者为了在恶劣环境中存活，不得不以遇难者的尸体果腹。

的一样多。"聊到加纳的时候，他的口音似乎变得更非洲了，元音更加突出，声音也更坚定有力了。

"这很奇怪。你会经常去加纳吗？"

"我们每年夏天都会去看我爷爷奶奶和外公外婆。"

"你喜欢这样？"

"当然。"

"你去的时候是住在城里还是乡下？"

"都有。我们在阿克拉有一座房子，在我爷爷的村庄里也有一座房子。"

迪伊想问他家的房子是不是泥土做成的泥屋，上面有用草做成的顶棚，就像她在父亲的《国家地理》杂志上看到的非洲照片里的一样。不过，此前在食人族和大喜吉装上犯的错刺痛了她，让她不敢问他别的问题，以免暴露出更多的无知。

她想自己还可以问些什么。在沉默中，她清楚地意识到，两个人正在柏树下一起坐着，操场上大家都很活跃，不过每个人都在朝他们看。她真希望两人是在散步、在爬攀登架，或是在荡秋千，而不是静静地坐着。

"你们那儿是不是有很多野生动物？"问了这种显而易见的问题，迪伊本该踢自己一脚的。不过，两人似乎快要无话可说了。这种情况通常是在男生和女生突然都感到难为情的时候发生。

"是的。我们那儿有水牛、狒狒、疣猪、猴子，还有很多其他动物。"

"有大象吗？"

"有。"

尽管他看起来很愿意接受提问，但他却没有问她任何问题。不过，男生们很少这么做——比起倾听，他们更擅长说话；比起说话，他们更擅长行动。迪伊从来没有和一个男生坐着聊天聊这么久过，从来没有。

因为他没有发问，迪伊也不能主动告诉他关于自己的任何事情。如果他问了，她会跟他说什么呢？会说她的父母很严厉。会说她喜欢数学，但假装不喜欢。会说她惊讶于自己在学校受欢迎的程度，尽管她的母亲给她施加了诸多限制：她不能和她的朋友去逛商场，她从来没有过过生日派对——从来没有滑过旱冰或是带大家去看过电影。会说她偶尔会莫名地感到沮丧。会说咪咪最近帮她解读了卡罗牌，并告诉她一切很快会发生巨大的变化。迪伊本以为她指的是秋天升到初中去，不过现在，看着奥赛一次又一次地抚平、弄乱又抚平沙子，她觉得，"很快"来得比她预期的要更快。

然后，他抬起头对她笑了一下，他的脸半转过来，看起来有点调皮。于是，所有说过的和没说过的话、问过的和没问过的问题，还有尴尬的沉默，都被穿过她身体的暖流一扫而光了。迪伊从来没有像布兰卡或者其他几个女生那样，主动靠近、追求男生，鼓励他们对自己产生兴趣。她的衣服既不紧身，也不闪亮。她不会挺起她正在发育的胸部，而是含着胸让它们不那么显眼。她没有和男生们在体育馆门边的角落里试着卿卿我我过，只有在课间休息玩转瓶子游戏的时候才有过亲吻的经历——也只有那么两次，因为老师发现他们在玩什么之后，这个游戏就被禁止了。但是她对奥赛的反应却不是试探性的。**这就是我在等待的**，她想，**就是这个**。

这种感觉，让她做出了上午上课前，她站在他身后时就想做的那件事：她把手伸向奥赛，摸了摸他的头，顺着他完美的头型，感受着他毛茸茸的头发。

奥赛没有后退，他的笑容也没有消失。他也靠了过来，把手放在了她的脸颊上。迪伊把脸转过去，靠近奥赛的手，仿佛一只被宠爱的猫。

"你有一个美丽的头型。"她说。

"你也是，你有一张美丽的脸庞。"

一瞬间，她被惊喜与轻松所淹没。他的感觉和她一样，他们能够在彼此的陪伴下放松下来。迪伊现在明白了，真正的情侣不需要表白便能在一起：他们已经在一起了。表白是幼稚的，就像对孩童说的玩笑话。她和奥赛早已经远超于此了。

他们保持着这个姿势，就像一尊当代的情侣雕像，脑袋、笑容、手臂，伸展着，互相联系着，把整个世界屏蔽在外。迪伊听见隔壁的咪咪低声说道："迪伊，你在做什么？"远处，布兰卡开始唱道：

奥赛和迪伊，在树上，坐在一起

亲——嘴——巴，在——一——起——

先相恋，后成亲

再然后，迪伊就推着婴儿车哩！

一阵哨声响起的时候，两人依然抚摩着对方。在操场值班的老师通常会在任何人做不该做的事情的时候鸣哨：比如推搡另一个学生、在单杠上倒挂、扔沙子、爬围栏。每当有哨声响起的时候，学生们都会停下正在进行的活动，看看周围是谁惹了麻烦。

奥赛当然不会知道这个，但是他肯定猜到这意味着什么了。因为布拉班特先生一边朝着他们大步走来，一边继续吹着他的哨子。他把手从迪伊滚烫的脸颊上放了下来。而她，因为有点晕眩，把手在他的头上多放了一会儿。

"住手！你们两个，马上站起来！"他的声音就像一根在抽打的鞭子。奥赛匆忙地站了起来。尽管迪伊很想抵抗，但继续坐在沙子上等着大家涌过来盯着她似乎显得太尴尬了。不过，她还是慢慢地站了起来，把牛仔裤上的沙子掸掉，没有直面布拉班特先生的怒火。

"你不可以如此不当地抚摩其他同学。在你们那儿可能不是这样，而你也不懂，"他对奥赛说道，"但是在这所学校，男生和女生不能像那样抚摩对方。"刚才的抚摩让他困扰的程度，似乎远超于他在一年里总是抓到的六年级学生的亲吻。也许是因为他感觉到抚摩更有深意、更直击心灵、更亲密——对于校园里的操场来说，太过于亲密了。他又对着迪伊说："你让我很惊讶，迪伊。你本应该更懂事的。你进去，把数学习题发下去。"

迪伊从来没被停学、留校，或是在学校接受过任何形式的处罚，因为她不需要。这一次，她也能轻松地免受责罚。放在其他任何一个学生身上，他们都会被送到校长办公室接受训斥，甚至有可能被打电话叫家长。但是，她只是被指派了一个她本来也会很乐意做的工作。布拉班特先生似乎没办法过于严厉地处罚自己最喜爱的学生。

要是在其他时候，他所说的话和他说话的语气会让她难过不已，因为整个学校的成年人里，布拉班特先生是她最想要取悦的。但是今天却有点不一样，迪伊突然找到了另一个人，这个人的想法，

让她更在意。而布拉班特先生批评了这个人。迪伊不喜欢他说话的
语气。但是，她不能违背自己的老师。她决定了，最好的回应就是
慢悠悠地行动，而不是急急忙忙地去取悦他。她开始慢悠悠地从布
拉班特先生身边走过，朝着入口处走去。她能感觉到他在盯着自己，
显然是诧异于她从未有过的态度。这让迪伊觉得自己很强大。

*

　　大家等着布拉班特先生按照应有的方法处罚新来的男孩。伊
恩可以向他展示该怎么做：传统的好方法，用尺子打在他胆敢抚
摩迪伊的黑色手掌上。在他看见他们双手环抱着对方的那一瞬间，
伊恩的体内就充满了他现在依然难以控制住的怒火。但是，布拉
班特先生看起来很迷茫——而且很苍老，他的眼袋看起来更显眼
了。老师的乖宝宝终于还是反抗了，而他不知道该如何是好。

　　伊恩咳嗽了一声来打破僵局。总得有人这么做。布拉班特先
生摇了摇头，很明显是在努力让自己振作起来。他伸着下巴，死
死地盯着奥赛。"小子，小心点。"他说。

　　奥赛看着老师，什么也没说。两人之间的停顿似乎要持续到
永远。直到洛德小姐气喘吁吁地出现，这一切才被打破。"一切都
还好吗？"她问道，她的声音很尖，语气中充满了紧张。

　　"最好如此，"布拉班特先生吼道，"都会好的，等到某个男生
了解这所学校的规矩之后。对吗，奥赛？"

　　"是的，先生。"

　　"奥赛，在这里我们不会简单地称呼老师'先生'或'夫人'，"
洛德小姐插嘴说道，她的语气比她的同事布拉班特先生要温柔一

些，"我们这儿都直呼老师的名字。你应该叫他布拉班特先生，叫我洛德小姐。"

"好的，洛德小姐。"

"我可以搞定他，戴安。"

"当然，我不是故意要——"铃声响了，拯救了她。

"好了——去排队吧。"布拉班特先生提高了嗓门儿，对周围的所有学生说道。

奥赛动了起来，不过行动很迟缓——就像迪伊刚刚做的那样——以清楚地表明他不是在听从命令，而只是碰巧要往同一个方向走去。

"我错过了什么吗？"洛德小姐压低了声音问道。

"行为不检点，"布拉班特先生抱怨道，"他在摸迪伊，真是个典型的黑人。"

洛德小姐看起来很困惑："天哪。你……你和很多……黑人相处过？"

"有一个排的人这么多。"

"噢，我……抱歉，我不是故意要问那……那次的。"

"看着他的手放在她身上让我感到恶心。"

洛德小姐瞟到了伊恩在偷听，用手肘轻推了布拉班特先生一下。"好了，伊恩，过去排队吧。"他命令道。

"我会的，布拉班特先生。我把球拿回来就去。"

布拉班特先生咕哝了一声，朝着正在排起来的队伍走去。洛德小姐紧随其后。

穿过操场一半的时候，咪咪和奥赛步调一致，走到了一起。

伊恩看着他们走在一起，攀谈着。在某一时刻，奥赛朝伊恩的女朋友靠了过去，好像是为了更近地去听她说话，然后他点点头，说了些什么，接着咪咪笑了起来。

伊恩皱了皱眉头。

"那个浑蛋，竟敢摸她。这让我也感到恶心。"罗德正拿着皮球，走在伊恩旁边。

伊恩盯着他的女朋友："我没看见。他刚才摸了她？"

"不是咪咪，是**迪伊**。他在树底下抚摸迪伊。而且**她**也在抚摸**他**。"罗德正在自己发脾气，他的脸颊红得发亮。

"他会摸所有女生，"伊恩咕哝道，"他马上就会对她们都下手的。像他那种男生就是这样的，除非我们阻止他。"

"没错。"罗德把球在地上弹了几下，好像它是篮球似的，"我们该怎么做呢？"

"我们要让她背叛他。"伊恩想了一会儿，"不，那样太明显了——迪伊不会中计的，她太聪明了。或者……让他背叛她。对，那可能更好，而且更有趣。"

"什么？你不会伤害迪伊吧，不会吧？因为这么做不公平。我只想有和她在一起的机会，仅此而已。"

"我没有打算伤害她，我只是要……让他们分手。"

"那很好。不过，伊恩……"

"怎么？"

"为什么踢球的时候你没有选我？"

伊恩暗自叹了口气。他打算把罗德甩了。他本打算在升入初中之后再这么做——换学校总是会引起朋友圈的洗牌。不过，他不太确定自己能不能等这么久了。罗德开始要求得越来越多，比起他带来的价值，伊恩为他付出的努力太多了。

"我必须给新来的男孩一个机会，"伊恩解释道，"现在我希望自己当时没有这样做，尤其是因为他用那一脚把比赛给终止了。"

"但是你本可以选他的同时也选我。"

"是的，不过那样的话两边的实力就不平衡了。我是说，你无疑是个好球员。任何人都可以从你的脚法上看出来这一点——而且今天你完成了队里唯一的跑垒得分，没错吧？"

罗德两眼放光了。

"如果黑人小子也很厉害，那我们队有了你和他，就过于厉害了，比赛就没意思了。我只是想让两边势均力敌一点。"

罗德皱了下眉头，对这个模棱两可的称赞感到困惑，不过他依然很享受被表扬的感觉。

"去排队吧，"伊恩命令道，"我一会儿就到。"

罗德点点头，然后又把球弹了一下，停在身体前方，在球落下去的同时朝队伍踢了过去。他起跑追了过去，就像一只健忘而又欢快的狗。如果只是这么简单就好了，伊恩想。他待在树下没有动，看着学生们朝他们的老师走去。他需要一点空间来思考。

早上，在黑人男孩走进操场的那一瞬间，伊恩就感觉到有些东西发生了变化。那一定就是地震的感觉，地面被重新排列，变得不再可靠。学生们几乎有一整年——准确地说，是过去七年在小学的时间 [1]——加入到了他们目前所在的团体里，这个团体里有各

---

[1] 根据美国教育制度，小学实行八年制教育。

种阶级，包括领导者和跟随者。这个体系运转得很顺畅——直到某个男孩的到来，打破了一切的平衡。对皮球的猛力一脚，对女生脸颊的轻轻一触，整个秩序都改变了。他仔细研究着排在队伍里的奥赛，他能够看到，全新的安排里包括了奥赛这个新的领导者——学生们下意识地朝他看去，仿佛他是他们追随的光，就像植物追随着阳光那样，转变就这样发生了。伊恩看着奥赛的时候，卡斯珀从奥赛后面追了上去，开始和他聊了起来。卡斯珀指了指围栏，显然是在和奥赛讨论之前那一脚，然后两人点了点头。就这么简单，黑人男孩已经获得了全校最受欢迎的男生的尊重，他已经在和全校最受欢迎的女生交往，而且也已经和伊恩的女朋友一起说笑——这都还没到午餐时间呢。

"受欢迎"绝不是会被附加在伊恩身上的词语。没有人和他聊天嬉笑。已经很久没人这样做了。他不确定到底为什么，就变成了一个让别人感到害怕却得不到别人尊敬的人。他并不是这样计划的，但是，当他升到四年级，升到高年级学生的操场时，他的哥哥升到了初中，伊恩发现自己继承了一个毋庸置疑的权威。权威带来了好处：其他学生上交的午饭钱；只要他想，随时就能得到的、老师看不见的体育馆门边的位置；儿童足球和垒球队默认的队长职位；还有罗德，他的助手和守卫者——尽管要是没有这个小丑当他的左右手的话，伊恩可能会做得更好。

哨声响了，伊恩抬头看了一眼，知道这是为自己吹的。队伍已经在里面解散了，洛德小姐在朝他挥手，让他进去。甚至，老师们也会有点怕伊恩。她不会因为他的拖沓而惩罚他，尽管晚些时候，她会在教师休息室里抱怨。有一次，他在门外听到一个老师对另一个老师说:"伊恩是墨菲家最小的,对吗?没有什么妹妹之类的悄悄跟着吧?在带过他哥哥和他之后,我觉得我带不动下一个了。欠这一家子的债,我已经还清了。"

"噢,他的翅膀会在初中被剪掉的,"另一个人答复道,"大池塘里的小鱼仔,诸如此类的。"两个人都笑了。因为这个笑,伊恩把两人的车都给锁住了。

据他所知,他的哥哥们现在还是大鱼。他的哥哥已经在抽烟了,而且,他自称已经和他的女朋友什么都做过了。

伊恩开始朝校门口走去,走到他们班的队伍后面,他不得不努力地去放松自己紧绷的下巴和握紧的拳头。

路过布拉班特先生的班级门口时,他朝里面看了一眼。奥赛坐在他的课桌边上,低头看着一张作业纸。迪伊站在他后面,正在给卡斯珀递一张纸,卡斯珀则用他与生俱来的魅力对着她笑。一个外人看见他们这样,可能会误以为两人是男女朋友。而这个黑人男孩完全没有察觉到这一切。

伊恩狡黠地笑着,匆忙地跑去追上他的同学们。他知道他该怎么做了。

在洛德小姐班级隔壁的饮水器那儿,一个四年级学生正在弯腰喝水。这时候,如果把她朝水龙头推一下,弄得她嘴唇出血,那简直是易如反掌。伊恩对很多学生做过这种事。不过今天,他脑海里正在诞生的计划让他显得十分宽宏大量。他从女孩旁边走过,碰都没碰她一下。不过,她还是下意识地躲了一下。

第三部分

午餐时间

一

有一天，我走在路上
啊，去集市的路上
遇见一个小姑娘
花儿插在她的头发上

噢，小姑娘，摇一摇
如果可以，请你摇一摇
像奶昔一样，摇一摇
再来一次，摇一摇

噢，她摇着到下面
她又摇着到上方
她转呀转呀转呀
最后只好停下啦!

午餐铃声响起的时候，整个上午潜伏着的紧张气氛已经占据了咪咪的脑海。上拼写课的时候，咪咪的头开始抽痛，余光处的闪光逐渐模糊了她全部的视线。在全班同学即将上完不规则不发音字母这节课的时候，她几乎已经看不见黑板了。因此，她也没法抄下黑板上需要他们作为家庭作业学习的单词。这些单词是洛德小姐为了和其他课程同步而特意从莎士比亚作品里挑选的：

憎恶（abhor）　　猴子（monkey）

侵蚀（gnaw）　　微妙（subtle）

混乱（chaos）　　宝剑（sword）

诚实（honest）　　舌头（tongue）

无赖（knave）　　可怜虫（wretch）

"洛德小姐真搞笑，挑了这些词语，"旁边的詹妮弗嘀咕道，"它们甚至都没啥难度！况且，我们从来都用不着它们。这个'knave'到底啥意思来着？"

"一个调皮的小男孩。"咪咪回答道。几周前，她和迪伊在电视上看《罗密欧与朱丽叶》的时候听到过这个单词。咪咪深深迷上了罗密欧。

"她说莎士比亚是谁来着？"

"你应该知道的呀！他写了《仲夏夜之梦》。"六年级的两个班正准备在学年末表演这部剧。咪咪扮演一个仙女。她摇了摇头，尽管她知道这并不能帮她清除脑海中的画面。"你能把这些词念给我听吗？"

詹妮弗满脸同情地说："头又痛了吗？"

"是的。"在过去的六个月里，咪咪经常头痛，但是她没有和太多朋友说起过这件事，因为她不想被大家关心个不停。不过，她很难瞒住坐在她旁边、看起来又很关心她的詹妮弗。詹妮弗帮她保守着秘密，尤其是当咪咪要从教室里跑出去的时候。"月经。"她会跟洛德小姐悄声说，而洛德小姐往往会紧张地点点头。对于六年级学生来说，生理期是一个庄严的话题，尽管很多女生还在等待它的到来。而对于那些已经开始来生理期的女生来说，她们可以利用老师们对此的尴尬去做许多事。但是，詹妮弗的谎话其实比她所知道的要更接近真相，因为，咪咪开始头痛的时间和她第一次来月经的时间的确差不多。她母亲告诉她这是长大的标志，但咪咪还是放心不下。

她今天不需要冲出去，估摸着她应该可以撑到吃午饭的时候。在詹妮弗的指导下，咪咪抄写着拼读单词清单，她忽略了脑袋里的挤压感和眼前闪动着的钻石般的光芒，直到午餐铃声响起。甚至，在这个时候咪咪也没有拔腿就跑，而是和其他同学一起陆陆续续走了出去。正当她准备朝地下室的女厕所走去的时候，有人抓住了她的手臂——是伊恩。一瞬间，她感觉更糟糕了，极度地恶化了。

"等一下，"他说，"随便哪个人都觉得你在躲着我。你在躲着我吗？没有吧？"他脸上的表情很复杂：微笑着，好像是在开玩笑。但是咪咪知道他并不是在开玩笑。在他笑容的背后，是岩石般刚硬的内心。

"没有，"她说，"我只是头痛。"她试着朝他笑回去，不过恶心的感觉正在急剧增强，"我真的得去——"

"我需要你帮我做件事。"

"什么？"

"卡斯珀有给过迪伊什么东西吗？笔记、首饰，或者随便什么东西？"

"我……我不知道。可能给过吧。但是他俩之间不是那样的，真的不是。"除了去洗手间，咪咪脑子里什么都没在想。

"弄清楚到底给了什么，然后，无论是什么，把它给我拿过来。"

"好的。我真的要去……"咪咪从伊恩那儿挣脱开，飞奔着下了楼梯，朝女厕所跑去。跑进一个隔间后，她跪下来，对着马桶吐了起来。吐完之后，她冲了水，然后靠着隔板跪坐着，闭上了眼睛。所幸，没人去问她是不是有事，然后跑去叫老师过来。

犯恶心不仅清空了她的胃，闪动的钻石光芒消失了，她的头也不再疼痛。真是神奇。厕所里很安静，除了水池里缓慢的注水声。这里散发着消毒剂和校园厕所独有的劣质棕色厕纸的臭味儿。厕所的墙壁被漆成了蓝灰色，混合着荧荧灯光，让每个人看起来都丑陋而病态，甚至还包括布兰卡和迪伊。不过，尽管有这种光线和味道，女生们还是喜欢在这里玩：这是少数几个老师除了巡逻极少会来的地方，因为老师们有自己的厕所，就在教师休息室边上。

咪咪此刻最想做的就是趴下来，将脸颊贴在凉爽的瓷砖地板上，大脑放空，让一整天的时间从她身上慢慢流淌过去。

但是，她不能那样做。地上漂白水的味道太浓了，况且，一定会有人进来，而且，咪咪的朋友们正在餐厅等她，如果她一会儿还没到，她们会注意到的。她漱了漱口，往脸上拍了几下水，然后盯着镜子里的自己。她看起来糟糕极了。她拿出从她姐姐那里偷来的一支口红，朝脸上点了几下，然后用手涂开。在学校里，女生是不允许化妆的，不过她希望没人会注意到。她又看了自己一眼，试着笑了笑，然后大声说道："给他他想要的——然后他就会放你走了。"这将成为她的策略。

咪咪惊讶地发现迪伊和奥赛一起在餐厅外面，两人额头碰额头，低头对着什么。迪伊是少数几个回家吃饭的孩子，因为她家离学校很近。她母亲期望着她会准时回家。过去几年里，咪咪曾有几次放学后和她一起回家玩。咪咪注意到，迪伊的母亲薄薄的嘴唇很少笑，看表时表情很犀利，她的家里没有零食，晚餐吃的是动物肝脏，迪伊的父亲回家时，空气里的不安会再度加剧，还有他在发现一个意料之外的客人时，会眉头紧蹙。这让她更加感激自己的父母。渐渐地，她和迪伊转向了自己家，她的妈妈会给她们好几盘奥利奥饼干，还会让她们看电视。

此刻，迪伊看了看走廊上的钟，把一样东西塞进了笔袋里——

她之前和咪咪说的那个粉红色笔袋——随后把笔袋装进了书包。她和奥赛说了句话，朝四周看了看，然后快速地亲了他一下，紧接着一溜烟儿地跑了。咪咪本该被这个吻吓到，尤其是因为如果被老师看见了，他们会陷入麻烦。但是，继两人在操场上明目张胆的互相碰触之后，这似乎就显得平平无奇了。咪咪还是能回想起两人的手臂，黑色的和白色的，伸向对方的身体。这是她看见过的最性感的事情了，甚至比罗密欧和朱丽叶在阳台上亲热的一幕还要令人震撼。

迪伊跑的时候，粉红色笔袋从她敞开的背包里掉了出来。她跑得太急了，忘了拉上背包的拉链。咪咪喊了她，但是她的朋友已经跑远了。奥赛也已经朝着餐厅的方向走开了。于是，咪咪走了过去，把笔袋捡了起来。咪咪用手来回抚摩着凸起的草莓，正如迪伊说的那样，她觉得这个笔袋确实很可爱，尽管它并不是咪咪喜爱的类型。她打算在午饭后把笔袋还给迪伊。咪咪把笔袋藏进自己的背包，朝餐厅走去。

布兰卡从一张餐桌上朝她招手，同时指了指她帮咪咪留的空位——在这个拥挤的餐厅里，这很不容易。"你去哪儿了？"她喊道，"每个人都想坐这个位置！"

"我马上过来，"咪咪回道，"你要来点什么吗？"

"再来点炸土豆！"

正如她热爱每种感官体验一样，布兰卡热爱食物，因此，咪咪经常把炸薯条、什锦水果沙拉里的樱桃，或是一盒盒的巧克力牛奶让给她。此时，尽管肚子空空，她的胃却很痛，所以她想要的只是"酷爱"牌饮料。不过，她还是逼着自己拿了一个餐盘，餐厅阿姨会在这上面放上索尔斯伯利牛肉饼、炸土豆和薄薄的一个柠檬酥皮馅饼。布兰卡和其他人会很高兴地吃掉所有咪咪不想吃的东西的。

在队伍里等着取餐的时候，她看着奥赛，他就在她前面的前面。餐厅阿姨也都是黑人，咪咪以为她们会给他一个特别的微笑，以显示他是她们中的一员。不过，当盛牛肉饼的阿姨看见他的时候，整个人都僵住了，手中的勺子也停了下来，番茄酱从那块带骨头的肉上面滴下来，滴到了奥赛的餐盘上。她旁边的阿姨笑了。"快点呀，把他的牛排给他！"她一边说，一边给了奥赛两大勺炸土豆。

等他往前走了之后，咪咪听到索尔斯伯利牛肉饼阿姨对其他餐厅阿姨说："那可怜的孩子。"

"你什么意思呀，'可怜的孩子'？"炸土豆阿姨质问道，"这是所好学校，他能来这里很幸运。"

"别告诉我你不知道我是什么意思。你希望自己的儿子走进一个自己和大家都不一样的操场吗？"

"如果他想接受良好的教育的话，当然。况且，他是新来的。新来的男孩总是得面对一个艰难的开局。他会适应的。"

"你是傻了还是怎么的？不是他要去适应这些。是白人要适应！你觉得他们可能吗？他们会让他好看的——还有在教室里，我敢打赌也是这样的。老师们和孩子们一样可恶，甚至要更糟，因为他们应该懂得更多。"

咪咪拿着餐盘呆呆地站着，听着她们之间的对话。尽管这几位餐厅阿姨为他们服务已经有很多年了，但除了她们一边盛土豆泥一边问的"一勺还是两勺"以外，咪咪几乎没有听她们说过话。很明显，她们从来没有谈论过哪一个学生，更没有讨论过这种话题。

盛炸土豆的阿姨突然意识到了咪咪的存在，推了一下另外两人。"亲爱的，你要炸土豆吗？我们这儿还有很多。"咪咪还没来得及开口，她就给她盛了满满三勺，"丹尼斯，你来，给她一大块派，最大的。她看起来很憔悴。"

咪咪无法阻止她们把她的餐盘堆起过多的食物。"好了，"炸土豆阿姨说，"好了吗？拿到你需要的了吗？"她看着咪咪的眼睛，不必要地多看了一会儿。

咪咪点点头离开了，心里满是困惑。

奥赛在她前面，一动不动地拿着餐盘，看着四周都是人的餐桌。咪咪不知道他是否听到了午餐阿姨刚才说的话。她为他感到很遗憾，因为他站在那儿不知道可以坐在哪里。至少现在没有人盯着他看了，餐厅里也没有像刚才的操场那样整个安静下来。面对食物的时候，学生们总是会吵闹一些。

有一瞬间，她考虑过邀请他坐在她和布兰卡等人的旁边。如果女生们挤一挤，可以让他也塞进来。她猜想，如果迪伊在的话，她肯定会这么做。但是咪咪不会这么做：她比迪伊更实际。男生和女生不坐在一起，这是餐厅里的潜规则，如果他们这样做了，由此引起的骚动几乎会和他的肤色引起的一样。

咪咪看到伊恩在其中一张桌子旁，正准备站起来，不过这时，离奥赛更近的卡斯珀朝他打了个招呼，邀请他过去，并让身边的人让一下，给这个新来的男孩腾出个位置。奥赛坐了下来，突然被其他男生紧紧包围，就像国际象棋里的棋子那样。伊恩还是保持着半站的姿势，眼睛四下张望着，看有没有人注意到他被中途打断了，就像有人说话但其他人却没有听，都继续聊天，把说话的人晾在一边那样。在伊恩身边的男生肯定感觉到了，都小心翼翼地专注于吃饭、开玩笑，或是看向别处。只有咪咪在看他，被他逮了个正着。他瞪了她一眼，她扭过头，匆匆走向了座位。

"哇，你走运了，"布兰卡一边嚼着炸土豆一边惊叹道，"瞧瞧你拿到了多少菜！你打算吃那个派吗？"

咪咪摇了摇头，把餐盘推到桌子中间，自己只拿了一杯"酷爱"牌饮料。布兰卡和其他女生纷纷扑向这些多出来的食物，连难咬的牛肉饼都不放过。这让咪咪感到反胃，但是，她又怕抬头再看见伊恩，于是她就盯着桌子底下的背包。包里面装着迪伊的草莓笔袋。笔袋上的拉链没有拉，开口处伸出来一张小字条。咪咪知道她应该别管它，她不该看这个。但是她忍不住：看着笔袋上浮现出迪伊和奥赛头碰着头依偎在一起的画面，让咪咪也想拥有一点两人所拥有的东西，即使这意味着要翻看她朋友的东西。咪咪抬头看了一眼：对面的女生们正争论着怎么分享柠檬酥皮馅饼。她抽出了这张字条。

字条上写着一个名字、地址和一串电话号码：

奥赛·科科特

尼科西亚大道 4501 号，511 号公寓

652-3970

她想了一会儿。这里是郊区，大部分人住在房子里。咪咪只认识一个住在公寓里而不是住在房子里的女生，而且，那是一个

和单亲妈妈一起生活的女生，她的父亲在她小时候就离开了。她的公寓在小镇比较穷的那一侧。但是，尼科西亚大道是一条宽敞的街道，有着各式各样的办公室、花哨的商店，还有崭新的公寓楼，公寓楼有着大理石做的入口，还有代客泊车服务，就像宾馆里的一样。她听说有些公寓甚至有直达房间的电梯。如果他们住在那里，奥赛一家就不像那个和单身母亲一起生活的女生一样穷了。显然，他们家很富裕。

她完全可以想到，迪伊把地址写了下来，这样两人就可以在学校外见面了。他们绝不会去迪伊家——她如果和任何一个男生见面，她母亲都会为此杀了她，更不用说和一个黑人男生了。奥赛的家庭肯定不会那么关心这一点。咪咪得做好为迪伊找不在场证明的准备了——她估计这只是第一次，接下来肯定还有很多次。她叹了口气。

"我们准备去跳双绳了，"布兰卡说道，她正站立着做拉伸运动，粉红色上衣拱了上去，露出了上腹部——显然，这种暴露不是个意外，"你来吗？"

"嗯。"咪咪把字条塞回笔袋，然后犹豫了一下要不要把拉链拉上。迪伊会发现它被动过吗？最好还是别管它了。

"你在干吗呢？"这一次，布兰卡居然对别人产生了兴趣。

"没什么——我刚刚把果汁洒到膝盖上了。"咪咪用力地擦了擦书包，同时把笔袋朝书包深处推了几下。

"来吧！"布兰卡跑到卡斯珀和其他几个男生面前的桌子旁，手放在了他的肩膀上，下巴靠在他的头上，长长的鬈发滚落在了他的脸上。"卡斯——珀——"她拖长了音节哼道，"你来吗？"

"呃。"卡斯珀把她的头发拨到一边，看起来有点尴尬，"去哪里呢，布兰卡？"

"你不记得了吗？你承诺过要来看我跳双绳的！"

"我说过吗？"

"卡斯珀！"布兰卡站直身体，用力地拍打他的手臂，"你今天早上跟我说会来看的！你还能看到我跳舞呢。"她开始唱歌，假装对着隐形的双绳跳了起来，并适时地用手指打起了响指：

有一天，我走在路上

啊，去集市的路上

遇见一个小姑娘

花儿插在她的头发上

"噢，天哪，"咪咪低声道，她偷瞄到了奥赛的双眼，他正憋着不笑出来，"布兰卡，停下来！"

但是布兰卡没有停。她背对着卡斯珀，脑袋从肩膀上侧过来，噘起嘴巴，一边跳一边开始来回扭动臀部。

噢，小姑娘，摇一摇

如果可以，请你摇一摇

像奶昔一样，摇一摇

再来一次，摇一摇

"好吧，好吧！"卡斯珀抗议道。为了把大家从进一步的尴尬中解救出来，他站了起来，让布兰卡把他拉走了。不过，他保持着笑容。无论布兰卡身上的哪一点吸引着他——她的活力四射、她的热情关注，或是她绽放出来的性感——他一定是对她有意思。

咪咪跟着他们一起走的时候，她感觉到伊恩就在邻桌，他的眼睛仿佛钻进了她的脑袋，穿透了她的思想。这种感觉让她急于跑到外面的操场上去。

*

对于一个新生来说，最艰难的时刻之一就是在餐厅里找个吃饭的位置。餐厅里既拥挤又混乱，而且，由于座位不是指定的，所以每个人都和他们的朋友们坐在一起。但是一个新生还没有什么朋友，所以没有什么显而易见的可以坐的地方。奥赛以前经历过这个，他知道有两种解决办法。你可以第一个冲进食堂，然后坐在一张空桌子旁，让他们向你走来。这样的话，你就不会犯下"和潜在敌人坐在一起"或是"用力过猛地试图让自己加入一个群体"的错误了。他们可以来选择你，他们更喜欢这样。不过另一方面，这么做也有风险，那就是没有一个人愿意和你一起坐，这样的话你最后就只有一个人，一圈空位子围着你，就像一片无人之地围绕着放射性垃圾场一样。

或者，你可以等着，站在队伍最后面，等大家都坐下了，你就可以找一个位置插入。如果餐厅里人很多的话，通常就只有几个位置剩下了，坐在那儿的人也不能选择站起来挪走，把你一个人无依无靠地晾在那儿。不过，很多时候仅有的空位置都是和不受欢迎的孩子一起的：羸弱的、愚蠢的、臭气熏天的，或者是因为一些没人理解的诡异原因而不受大家欢迎的。用这样的方式（和这些人坐在一起）开启你的校园生活，显然不是个好主意，因为无论他们遇到了什么问题，你都会被波及。

奥赛两种方法都试过，通常，他会选择第二种。他更喜欢那种能够掌控住或者至少是能预见到要发生什么的感觉。就算他最终要和被大家抛弃的人坐在一起，但至少还能主动选择自己的命运。

不过，今天他却没什么可选的，因为迪伊拖住他要了他的地址和电话，这样她就能打电话给他，约他做点什么事，或者在某天放学后过来找他了。他发现，她并没有提供自己的地址和电话给他。他没有问为什么他不能去她家，因为他知道为什么：他不是一个让家长们感到高兴的人。他去其他男孩子家里玩的经历都不太成功。在这些经历中，有的家长对他的肤色感到震惊，有的沉默，还有的过于礼貌。奥赛从来没被留下来吃过晚饭。

下课后，他和迪伊落在大家后面聊天，直到她看了看时间，惊叫道："太迟了，我妈妈会杀了我的！"

他的母亲会因为他迟到而斥责他，但仅此而已，她会把尖叫和眼泪留给更重要的事情。但是迪伊的母亲似乎完全掌控着她。迪伊抓起书包，正准备跑出去，不过，随后她朝四周看了一眼，亲了他一下，这才匆匆跑走。尽管这一吻很短暂，但是这个动作让他不禁笑了起来。他不敢相信自己如此幸运，像迪伊这样的女生竟然会想亲自己。

她离开的一瞬间，整个世界被夷为平地，陷入了一片黑暗。迪伊让奥赛的上午变得可以忍受。远不止这样，她赋予了它色彩。现在，没有了她，一切都回到了黑与白。

奥赛以前也和女孩子做过朋友。不是在美国，而是在加纳：每个夏天去那儿的时候，他都会和爷爷的村庄里跟他从小玩到大的女生一起。和她们在一起很轻松——他不会觉得自己像个局外人，不需要解释这些那些，也不需要避讳什么。他们共享着一种熟悉感，就像他和他的姐姐茜茜一样，而这让他们的相处变得很容易。

他甚至在纽约的学校里和女孩子更进一步交往过。就在那一年早些时候，每个人都开始在操场上跃跃欲试，男生女生们午饭时间刚在一起，放学的时候就分道扬镳了。他们从来没有做过很多。这就像给某人贴上标记然后就跑走了一样。有时候，他们会牵手或是接吻，快速而草率。有一个男生碰了一个女生的胸部，尽管那里其实还没有什么。他被扇了一巴掌，还因此被休学了。这件事情被大家谈论了好几个礼拜。

奥赛惊讶于自己竟然能够得到一个女生的关注，因为很少有人能够接纳他。但是，某一天，在每个人似乎都成双结对的时候——这就像流感一样降临到操场，传染给了所有学生——一个叫托妮的女孩子走到了他身边，对他说："你喜欢我吗？"在那之前，她从来没跟他说过话。

"你挺好的。"他试着让自己听起来像美国人一样随意。她看起来很失望，很难为情——奥赛看出来这种情绪的组合可能会产生潜在的危险——于是他逼着自己再仔细地看了她一会儿。她穿着一条格子喇叭裤和一件绿色高领毛衣，毛衣很紧，紧得让他能看出她刚隆起的胸部。"我喜欢你的毛衣。"他补充道。她笑着看着他，期待的眼神让他知道自己应该再多说点什么。他知道自己必须说什么，因为那个星期他听见其他人说了很多次这句话。"你愿意和我交往吗？"他问道。

托妮四下张望，似乎是在找朋友支援。他们已经走到了一边，笑着悄声谈论，奥赛几乎要说"算啦，请忘了我的请求吧"，但是接下来她说了"好"，于是他就和她在一起了。在一起意味着一些事，包括在他人的指指点点和掩面偷笑下站在一起。"你有兄弟姐妹吗？"终于，他出于礼貌问道。没想到这个问题让托妮也笑了出来，奥赛忍无可忍，于是就走开了。"我要跟你分手！"她在他后面喊道，"你被甩了！"

奥赛几乎要对她竖中指了，但一想到他母亲要是看到了这个粗鲁的美式手势——尤其还被用到了一个女孩子身上——会作何反应，最终他没有这样做。

第二个女孩子——帕姆——他更进了一步。他知道了她有两个姐姐，她最喜欢的颜色是黄色。他们绕着操场散步，甚至还牵了手。不过，当他要去亲她的时候，她把他推开了。"你身上有味道，"她说，"我就知道。"

"好吧，"奥赛回答道，"反正我也不想和你在一起。"先主动甩人而不是被甩，这似乎是很重要的一步。

帕姆跑向了在操场另一头的她的朋友们，从那里传来了其他女生愤怒的尖叫声，这让她们听起来像一群气鼓鼓的海鸥。奥赛在学校的最后几个月里，她们远离了他，就好像他有毒似的。只要一有机会，她们就会瞪他，模仿他说话的样子来嘲笑他。每当他排到队伍里，她们就会夸张地从他身边走开。女生比男生更刻薄，也比男生更记仇，而不是像男生一样用打架来发泄积怨。她们对待他的方式比他预期的要更加难以忍受，也正因为如此，搬到华盛顿，换一所学校，远离她们，让他松了一口气。

对他来说，托妮和帕姆像是为了一部他接下来要和其他人一起出演的戏剧而做的彩排——除了偶尔因肢体接触或者仅仅是想起这种接触而产生的快感，其他时候，这一切就像是在毫无感情地通读台词。

和迪伊在一起的感觉则是完全不一样的：这是一种诱人而复杂的感觉，夹杂着身体吸引力、好奇心，还有他此前从未在别人那里得到过的被接纳的感觉。她问了他很多问题，而且真的在倾听他的答案。她那枫糖浆一样浅棕色的双眼牢牢地盯着他的眼睛，一边点头，一边向他靠过去。迪伊绝不会和她的朋友们一起笑他，或者说他有体味，或者戏谑地盯着他看。通过对奥赛的接纳，她成功地平衡了对奥赛与众不同的特点而产生的好奇心。这让奥赛想要把手臂环绕在她周围，抱着她，感受她身体的温度，抹去整个学校甚至是整个世界里其他的一切。

现在，迪伊不在了，他站在餐厅里，端着一盘冷掉的食物，等会儿还要逼着自己吃下去。他怀疑刚才给他打菜的餐厅阿姨在背后议论他。他又看了看喧闹的餐桌，边上满是叫喊着、大笑着的学生们，有的用吸管在牛奶盒里吹泡泡，有的把炸土豆扔到空中然后试着用嘴去接住。这里又热又吵，闻起来一股肉味儿，除了留给失败者的餐桌上的空位外，没有别的位子了。那张桌子上坐着三个人：其中一个是在踢球游戏中和奥赛一队的菜鸟，看起来他可能就是肉味的来源；另一个人眼睛斜视；第三个人则看起来总是处在悲伤之中。他们三人正害怕地盯着奥赛。他们可能是怕一个黑人男孩和他们坐在一起。不过奥赛有种感觉，可能不止如此。不，他们是怕和一个**成功的**男孩坐在一起。一个能把球踢到他们做梦都不敢想的那么远的男孩，一个正在和迪伊交往、现在被主动邀请到两个位子上而不是和他们坐在一起的男孩。当卡斯珀朝他招手，并向旁边的男生点头示意挪一下位置的时候，奥赛看见了三人眼神中如释重负的神情。与此同时，伊恩也站了起来。奥赛将要在他们之中作出选择。

实际上，他也没什么可选的。自古以来，在黑暗与光明之间，难道有什么可犹豫的吗？你会向绽开的微笑走去，而不是皱着的眉头。奥赛假装没有看见伊恩，他向卡斯珀点了点头，走过去坐在他旁边。即便是在这么做的时候，他也知道他做了一个可能会走火的艰难抉择。伊恩是那种不喜欢被忽视或拒绝的男生。

"嘿。"卡斯珀说。

"嘿。"奥赛重复道，他明白自己应该通过模仿他们来融入。在纽约，人们会说"嗨"；在这里，他们却说"嘿"。奥赛弯腰越过餐盘，拿起一把餐叉，用餐叉把看起来糟糕透顶的肉饼推到了它的汤汁周围，想起了他落在课桌里的可乐和母亲亲手为他做的三明治。他把希望寄托到炸土豆上，它们至少看起来名副其实，然而想起母亲做的烤土豆，奥赛还是不禁叹了口气。

"这里的食物很糟糕，"卡斯珀笑道，"还算可以的就只有星期五那天的了，到时候会有比萨。"

每所学校都有一个卡斯珀，受欢迎的程度让他足以真心对别人好。他甚至可能对另一桌那三个失败者都很好，因为他可以这样。卡斯珀拥有特权。奥赛的父亲常喜欢说，和一个出身于世代富裕家庭的人做朋友，永远比和一个靠自己一步步爬上来，并对自己出身之地的人很糟糕的穷人要好。后者指的就是伊恩。

"关于你爸妈的车子，我真的很抱歉。"奥赛说道，他想把这件心事赶紧说出来。

卡斯珀看起来一脸困惑，问道："车子怎么了？"

"我之前那一脚球砸到它了。"

"噢。"卡斯珀挥了挥手，"不要紧的。"

"但是车顶可能会凹下去的。"

"不会啦，奥兹莫比尔坚不可摧。"

有那么一阵子，卡斯珀和他周围的男生在自顾自聊天，奥赛因而得以平静地吃了会儿饭。随后，在谈话间歇，卡斯珀抛出了一个问题，自然而然地把奥赛拉进了对话里。"你住在纽约的时候，是喷气机队[1]的粉丝还是巨人队[2]的粉丝？"

对于这个问题，奥赛想都不用想。"巨人队，"他马上回答道，"我永远都不会支持一个四分卫穿连裤袜的球队！"

整个餐桌的人都炸了。喷气机队的四分卫——乔·纳玛什[3]最近在一个商业广告里穿了连裤袜，桌上的每一个男生对此都想说上几句话。

————————

[1] 纽约喷气机队（New York Jets），是美国国家橄榄球联盟中来自新泽西州东卢瑟福的球队。

[2] 纽约巨人队（New York Giants），是美国国家橄榄球联盟中另一支来自新泽西州东卢瑟福的球队。

[3] 乔·纳玛什（Joe Namath, 1943—　），美国橄榄球名人堂成员，职业生涯中共完成255次触地得分。

"基佬！"

"我是和**我妈**在同一个房间里看到那个广告的。真是太尴尬了！"

"他们一定是付给了他很多钱，让他做这些。"

"他为了那个广告**剃了腿毛**！你能看到他的腿光溜溜的，而且不用透过连裤袜就能看到。他剃了腿毛！"

"你绝不会抓住我做这种事，无论给我多少钱！"

"基佬！"

"不，他不是同性恋——广告最后有个女孩亲了他。"

"就算这样，他也是同性恋！"

在这些争论中间，卡斯珀对奥赛咧嘴一笑。"而且，纳玛什投出太多截球了，"他说，"无论什么时候，我都会选桑尼·于尔根森。哪怕他老了，走背运，他都投得比纳玛什好。"

奥赛点了点头，尽管他并不确定桑尼·于尔根森是谁。但他一定是华盛顿红皮队[1]的四分卫。如果要和这些男生相处好，奥赛得去多了解一下这支球队。就他自己而言，他更喜欢棒球，但是这个城市并没有棒球队。

一群女生朝他们的桌子走来，使奥赛免于暴露自己对本地的橄榄球队的无知。女生中最吵的那个坚持要卡斯珀去看她跳绳，还毫不知羞地跳着可笑又尴尬的舞。女生中还有迪伊的朋友咪咪，奥赛在晨歇时和她说过话，人看起来还挺友善的。她的脸颊红扑扑的，像是擦了什么东西，而且，她的牙套在一闪一闪的。她那一头亮红色的头发，如果是在奥赛的爷爷的村庄里，一定会被大

---

[1] 华盛顿红皮队（Washington Redskins），美国国家橄榄球联盟老牌劲旅之一。

家评头论足。她的白皮肤已经十分令人惊讶了，再配上一头红发——好吧，那简直像是恶魔一样。"拜托，布兰卡，"她一边温柔地说，一边拉着吵闹女生的手，"再这样下去我们就没机会跳绳了。"她看了奥赛一眼并朝他苦笑了一下，奥赛微笑地回应了她。

"都怪卡斯珀，"布兰卡反驳道，"他才是拖了这么久的人！"

被布兰卡拉走的时候，卡斯珀用夸张又懊恼的表情朝奥赛叹了口气并耸了耸肩。

他没有邀请奥赛加入他，可能觉得这是在帮他：哪个男生会愿意去看一群女生跳绳？不过，他刚走，周围的气氛就变了。有卡斯珀做他的护卫，奥赛一直是安全的，他也因此开始放松了，可能是有点太放松了。和他坐在一桌的这些男生的运动神经和受欢迎程度让他们能够和卡斯珀一起玩，但是，当卡斯珀不在，他们就不够自信了。奥赛觉得他们都把身子挪远了一英寸，无论是在物理距离上还是象征意义上，他们都和奥赛拉开了距离。于是，奥赛再一次成为局外人。关于乔·纳玛什的笑话不足以拯救他。现在，他必须要启动他的戒备了。

邓肯，这个在课堂上坐在他对面的男生，又开始研究他了。当奥赛直直地看着他的时候，他的眼神瞥到了一边。"我能问你件事吗？"他说。

"那要取决于你问什么了。"

"你是怎么洗头发的？"

奥赛已经对这种问题习以为常了。白人喜欢问很多关于头发护理的问题。还有，黑人是不是曾经接受过美黑或是被太阳晒黑的？他们是天生更擅长运动吗，如果是，为什么呢？他们是不是跳舞跳得更好？他们是不是有更好的韵律感？为什么黑人没有皱纹呢？在他母亲让他理发之前，他有一个很不错的爆炸头，有时当奥赛站在队伍里的时候，排在他后面的女生会惊叹着伸出手去摸他的头发，紧接着她们会在衣服上擦拭手指。他不能转过身对她们做同样的事情，否则她们会尖叫，他就会因此而陷入麻烦。他会很乐意摸一摸她们的头发——一个白人女生如丝缎般顺滑的长发对他来说，就像自己浓密的爆炸头对于她们来说一样新奇。在和帕姆分手前，他曾经轻拂过她的头发。但今天上午用手在迪伊头上来回摩挲，是他第一次完全地触摸一个白人女孩的头发。但即便是那时候，由于她的头发被梳成了辫子，所以他没能获得真实的体验。等她吃完午饭回来，他打算请求她把发辫解开，这样他就可以感受它散开时的感觉，还可以用手指缠绕她的秀发。

"嘿，你听到我说什么了吗？"

"什么？"对迪伊头发的念头让奥赛分了心，他忘了回答邓肯的问题，"哦，我用含椰子油的洗发水就好了。"

邓肯皱了皱鼻子，好像是闻到了什么怪味儿似的。"油，那个不会让头发变得油腻吗？"

"其实不会的。"

邓肯看起来并不接受这个说法。奥赛站立着，他宁愿在外面的操场上，而不是被困在这个座位上，试图向一个白人男孩解释非洲人的头发护理方法。

有那么一秒钟，他想着放学后告诉茜茜这件事，然后和她一起笑谈这个关于头发的问题是如何在伦敦、罗马，或是华盛顿被一再问起的。但他随后想起来：茜茜不会在家的，他没法跟她聊天了。

　　当他们的父亲被派往华盛顿的时候，她被击垮了，她乞求过父母让她在纽约一个朋友的家里住到学年结束。对于得到自己想要的东西，茜茜正变得越来越聪明：她不会直接要求在纽约再留两年，直到高中毕业。不过奥赛知道她在计划什么，因为他在电话分机里偷听到（奥赛不得不屏住呼吸，以免被她发现）她跟朋友聊起过自己的计划。"黑即是美。"她每次挂电话前都会说这句话。

　　茜茜太有说服力了，以至于他们的父母同意让她在学年剩余的时间里待在朋友家，而科科特一家其他人则搬往华盛顿。奥赛想告诉父母他所了解的她的行动，但是他决定先跟她聊聊。就在要搬家前一天晚上，他去找她，坐在她的床头，看着茜茜在梳妆台前，在头发上系上丝绸头巾，在脸上和手臂上抹上可可油。他过来的本意是想求她看在一切的分儿上还是跟他们一起搬去华盛顿吧。"那里有人起非洲名字，穿非洲服饰，讨论黑人解放，你可以和他们做朋友。"他当时打算让她确信这点。但是他实际上在想的是：**别离开，不要让我一个人和父母相处。如果我需要和人说说话怎么办？难道我不是和泛非洲主义或者黑人权利一样重要吗？** 他已经准备好要说出来了——甚至已经张开了嘴——但这时茜茜通过镜子饶有兴致地看着他说："怎么了，我的小弟弟？你是过来借玩具的？你可以都拿走。"说着，她指了指放满了她不要的玩偶和桌游的架子。

　　"算了。"他嘟囔道，然后大步走了出去，完全无视她在后面喊他"等等，奥赛，怎么啦"。当她敲响他的卧室房门时，他喊道："走开！"然后调高了收音机的音量。相比告诉她自己的真实想法，被她的优越感激怒要更容易一些。不过现在，他希望自己当时开了门，或者，至少关于她的计划和他爸妈说点什么。

在华盛顿，他非常想念她，甚至是她那最新的激进形象，特别是现在，她已经化为电话线另一头的一个小圆点了。在他入学的头天晚上，他们简短地在电话里聊了一会儿，但是茜茜没说什么重要的事情，而且她又一次叫了他"小弟弟"。"有一天，我会长得比你高的。"他打断了她。而她无视了他的话，问了些关于新公寓的蠢问题。他发现她根本没问任何关于她的卧室的问题。他知道，现在他已经不能再和她分享自己在新学校里发生的任何事了——其他孩子对他说了什么、做了什么，那些每天不断地提醒他与别人不一样的瞬间，以及所有这些加起来而产生的与日俱增的疏离感。

奥赛最后唐突地挂了电话，不假思索地说了一句："黑即是美，就像你说的。"他故意用与她不同的方式强调了这句话。他在茜茜的抱怨声中"砰"地挂掉了电话。

黑即是美吗？他其实都不愿意逼自己去想这种问题。他只想玩玩球类游戏，和大家一起笑笑乔·纳玛什，抚摩一下迪伊的头发，再闻闻她头发上"草本精华"牌洗发水的味道。

奥赛走出餐厅的时候，伊恩走到了他旁边，这倒是让他松了口气，因为有人在你旁边跟你一起走到操场总比一个人去要好——即使这个人是像伊恩这样的男生。奥赛甚至可以原谅伊恩早前发表的"黑人更擅长运动"的言论。他听过比这个糟得多的话。不过，他不确定伊恩是否原谅了**他**选择和卡斯珀坐在一起。

显然，伊恩原谅他了。"嘿。"他只说了这么一句。

"嘿。"奥赛小心地重复道。

　　两人一起在操场上闲逛，有个叫罗德的男生跟在他们后面，一直到伊恩挥手让他走开。四年级学生正在踢球。有几个五年级学生在海盗船上掰腕子。女生们在玩跳房子或是跳双绳。布兰卡正往卡斯珀身上靠过去，卡斯珀则优雅地忍耐着。和伊恩每走到一个地方，奥赛都会注意到在他们靠近时，其他同学会眼神低垂，就像不想和一只你不知道下一秒会做出什么的狗有眼神接触一样——它可能是友善的，但也同样可能会来咬你一口。两人路过的时候，奥赛看到有几个同学的表情很奇怪。和伊恩走在一起，感觉像是被招进了一个他不确定自己是否想要加入的帮派——或者，他其实都不确定这个帮派是否想要他这个成员。他想知道该如何抛下伊恩而又不冒犯到他。

　　他们停在海盗船边上看别的同学掰腕子。其中一个男生显然要更强壮些，但是他的对手把手臂摆成了一个奇特的角度，并有效地利用了由此带来的杠杆效应，所以，两人正僵持不下，手臂都因为发力而颤抖着。

　　伊恩朝周围看了看，又停顿了一下，显然他的注意力在更远处的事情上。"哼，"他说，"我不喜欢这个。"

　　"你说什么来着？"

　　"没什么。"伊恩耸了耸肩，"嗯——我也不懂。不，没什么啦。"

　　伊恩不像是一个犹犹豫豫的人。"你不喜欢什么？"奥赛追问道。

　　伊恩转过身淡淡地看着他说："我想我看到了什么，仅此而已。不过我可能看错了。"

　　"你看到什么了？"

伊恩盯着他看了好一会儿，以至于都让人有点不舒服了。"好吧，兄弟，你看跳双绳那里。"

你可不是我兄弟，奥赛心想。他很反感白人用这个词语，他们没有黑人的黑皮肤，也没有因此付出代价，却试图享有黑人文化中的那些酷酷的元素。不过，他还是看向了操场另一边。那里有两组女生在摇绳子，还有两个女生在跳绳——其中一个是布兰卡——其他人则站在旁边观看。一切都十分自然，他看不出什么。这样的场景，他在不同的操场上看见过很多次了。女生们热爱跳绳。奥赛自己倒是看不出跳绳有什么吸引力。他喜欢做一些需要移动并且能够最终到达某处的事情，而不是待在同一个地方。"我该看什么？"

"那里，你看，又来了，卡斯珀。"

卡斯珀是这群女生中唯一的男生。此刻他正在从一个手心向上，向他伸过去的手掌里拿什么东西。那是迪伊的手。奥赛的女朋友已经回来了，而他对此一无所知。而且，她没有直接来找他，并且，在喂另一个男生吃东西。就在奥赛的目睹之下，卡斯珀把拿到的东西塞到嘴里吃了起来。

"那是什么？"

伊恩朝两人那边眯了眯眼。过了一会儿，他转过身对奥赛说："草莓。"

一瞬间，奥赛怒火中烧，他只能用尽全力压抑着。但伊恩脸上一闪而过的笑容告诉他，自己并没有成功隐藏住。

*

一句话就能轻易激怒这个黑人男孩，这真是令人印象深刻。

不走运的迪伊刚巧带着一把草莓出现，伊恩这次做得比他原本计划的都要好。

奥赛朝跳绳区走去，但伊恩伸手拦住了他——不过他小心地没有碰到奥赛黑黢黢的皮肤。"我们看看他们还会做些什么。那是她给他的第二颗草莓了。"他加了一句。就在他们看着的时候，卡斯珀把草莓叶子摘掉，把果实塞到嘴里，并冲着迪伊笑了笑，迪伊也用笑容回应他，显然很高兴。

"那一定是一颗很好吃的草莓，"伊恩评论道，"真不知道她会不会把所有草莓都给他吃。"

奥赛的眉毛皱了一下，不过他马上就像铺床单一样把它展平了。"我很喜欢草莓。"他用轻松的语气说道，不过这并没有骗过伊恩。现在，伊恩只需要再逼他一下就万事大吉了，这就像按压一块一开始似乎并不会痛的瘀青。

"那些草莓可能是迪伊妈妈的果园里的，"他说，"她亲自种的，你懂吧？它们可比你在杂货店里买到的要甜多了。"

"你吃过吗？"

"我？没有。我只是听说过。"伊恩决定不告诉他迪伊每年都会带草莓给班里的同学吃这件事。

"第一个尝鲜的，这很像卡斯珀的风格。"

奥赛再一次很快地回应道："你什么意思？"

"呃……他能得到一切他想得到的，难道不是吗？女生们都为他疯狂——所有女生都是。"

"但是——他是个友善的男孩。他对我挺好的。"

"他当然会对你好了。那是他为了得到想要的东西所能采取的最简单的办法了。"

"他想得到什么？"

伊恩不慌不忙，审视着他熟悉的操场和所有正在操场上进行着的活动。他即将去读高年级学校，去到更有挑战的操场，他将离开这一切。"我不想说什么，因为这跟我无关。"

奥赛转身面对着伊恩，同时把目光从迪伊和卡斯珀身上移了回来，问道："什么事跟你无关？"

伊恩耸耸肩，他正乐在其中，没必要着急。

"如果你有什么要对我说，请现在说。"尽管他脸部的其他部位还保持着平静，但奥赛黑色的眼睛看起来已经很狂躁了。伊恩有点好奇跟他打架会是什么样的。

"你瞧，你和迪伊交往这是很好的，"最后，伊恩终于开口了，"令人敬佩，考虑到你是个黑——一个新生。你动作很快，才一个上午就实现了这一切！或许这样也是可以的。"

"但是……我知道后面还有一个'但是'。"

伊恩摇头晃脑的样子，看不出是"是"或者"不是"。"在六年级学生里，恐怕男生们最想交往的女孩子就是迪伊了。"

"不是布兰卡？"

伊恩哼了一声："她太招摇了。太……廉价。我很惊讶卡斯珀能一直忍着她。"

"那咪咪呢？"

伊恩僵住了。"她怎么了？"他试着让自己的语调听起来很随意。

"她……挺有意思的。她告诉我她有时会看到幻象。"

"什么？"

这一声吼叫吓得奥赛的脑袋抽搐了一下，伊恩马上试着控制住自己。

"她是你女朋友吗？我很抱歉，我不知道。"

伊恩不知道为什么奥赛觉得他需要道歉。"她说什么了？"

"没什么，真的没什么。"

"咪咪说什么了？"伊恩轻描淡写地重复道，不过，言语之外的威胁已经很明显了。

这下轮到奥赛耸肩了。"没什么大事。她只是说她有时候会头痛，而且还会在幻象中看见闪烁的光。她把这个称为'先兆'。她说这给她一种某件事情即将发生的感觉。"

"真的假的？"咪咪在搞什么，竟然告诉这个黑人男生这些她从没有和自己说过的事情？他们只是在课间休息时说了几分钟话而已——显然，她是在短短几分钟内说了很多。她一定是想要这么做。伊恩对她的头痛和预感没兴趣，但是他不喜欢别人抢先一步获得关于她的信息。

"算了，你刚刚才说迪伊……和卡斯珀。"

"对，"伊恩逼着自己泄掉心中膨胀的怒气，因为这可能会破坏他精心布置的陷阱，"卡斯珀是整个学校最受欢迎的男生，而迪伊是——这么说吧，如果是在高中，他们会被选为返校节[1]的国王和王后。你知道那是什么吗？"

---

[1] 返校节（Homecoming），一般在每年秋季开学后不久举行，是一年一度的校友集会，学校会举行各种表演和体育比赛，各学生团体也积极参与，用以欢迎和招待校友回母校。

奥赛点了点头。

"他们会在一起。"

"但是她和**我**在一起。"

"当然,你说得对……但她没有拿草莓喂你,不是吗?"

奥赛摇了摇头,就像一只对受伤的爪子困惑不已的熊。"迪伊不会那么快转变对我的心意的,我们才刚刚开始交往。"

"当然,当然。"伊恩显得好像是在让步,"你是对的。忘了我说的吧。而且,迪伊可能还会再拿草莓来的,你到时候就可以吃一点了。"他停顿了一下,"不过,她回到学校没有直接来找你,你难道不觉得奇怪吗?你确定你们在交往吗?"

"你是说她抛弃我了?这么快就已经?就在午餐铃声和现在这短短的时间里?"奥赛的声音开始变大了。

"我不是这个意思,"伊恩安抚他说道,"我只是在说:注意着她一点。还有,和卡斯珀相处的时候,当心点。当然他会表现得友好,但那不表示他是友好的。"

伊恩本可以再多说一点,但是没时间了——迪伊看见奥赛了,她正穿过操场向他跑来。"我想办法早点回来了,"她跑到他身边时一边说,一边把一只手放在他的肩膀上,"我告诉我妈妈要为学年末的大戏排练,她竟然相信我了!"迪伊的语气流露着难以置信,是那种不习惯于撒谎却出人意料蒙混过关的人才有的,"嘿,或许你也可以来剧里表演。"

"你们表演的是什么?"奥赛问道。

"莎士比亚的《仲夏夜之梦》。我们已经排练过一阵子了,但是还有很多角色。你可以演一个精灵,或者剧里的其中一个农民。"

"你扮演的是什么角色？"

"赫米娅——其中一个女主角。"

"她不是和男生一个一个陷入爱河的那个吗？"伊恩插嘴道，"她就是那么多情，这些小子真走运。"

"她会这样都是拜**你**所赐。那只是魔法罢了，"迪伊解释道，她看见奥赛的脸色阴沉下来，"这是个喜剧，所以是大团圆结局。"

"**你**演的是什么？"奥赛质问伊恩。

"他扮演帕克，"迪伊说，"让一切灾难发生的精灵头目。现在，看看我带了什么！"她举起了一个纸袋，"草莓！当季第一批。我带了一些给你。"

"是只给我一个人的吗？"

"我不知道你以前吃过草莓没有。在加纳你们会种草莓吗？"

"我以前吃过——在纽约和欧洲吃过。不是在加纳。"

"嗯，吃一个试试。你一定难以想象它有多甜。"迪伊伸手到纸袋里拿出了一颗闪着光的、亮红色的、完美的心形草莓。

"我不饿。"

迪伊笑了："我吃草莓是因为喜欢它的味道。这和饿不饿没关系呀。"

伊恩在一旁满意地看着两人的对话。他刚才的言语轻而易举地就把这个黑人男孩变成了一尊冷峻的雕像，而迪伊却有些忘乎所以了，以至于她似乎完全感觉不到男朋友的变化。伊恩等待着，等着即将来临的伤害像一把刀一样刺入她的身体。

但奥赛随后却放松了起来。"好吧。"他接过草莓，抓住它的叶子，一口吞了进去，过了一会儿他笑了，"哇。的确很**好吃**。非常好吃。你妈妈自己种的吗？"

迪伊脸上的表情混杂着困惑和惊讶，同时还混合着她对奥赛的回复的喜悦。"你怎么知道的？"

伊恩向前一步说："我可以吃一颗吗？"

"噢，当然可以。"迪伊从袋子里拿了一颗草莓，放在了伊恩伸出的手掌心里，伊恩则观察着奥赛的反应。奥赛光滑的眉毛又皱了起来，而且，随着伊恩咬下草莓并让汁水顺着下巴流下去，奥赛的眉头越发紧蹙了。伊恩尝得出来，这个草莓很不错，尽管他对草莓或是任何甜的东西都不太感兴趣。

"卡斯珀喜欢你给他吃的这个草莓吗？"他边用手背擦着嘴边问道。

迪伊跟她男朋友一样，皱起了眉头。"对。来吧，我们去树林那边。"这句话她是只对奥赛说的，因为她同时牵起了他的手，把他朝沙坑和柏树林拉过去，把伊恩晾在了一边。

不过伊恩并没有独处多久：罗德急急忙忙地从海盗船那里跑了过来，他刚才一直在掰腕子的男生旁边等着。"成功了吗？"他期待地看着走开的两人问道，"看起来不像是这样！"

伊恩仔细地揣摩着奥赛和迪伊，两人正在树下手拉着手，迪伊又喂奥赛吃了一颗草莓；而卡斯珀正用他的招牌式的姿态看着布兰卡跳双绳。他们就像一部剧里的角色，需要再来一幕戏、一根线，将他们紧紧串联在一起。而伊恩正捏着这根线。把他们都击垮——不只是这个黑人男孩，还有学校里的那两个金发男孩和金发女孩，这一定很让人满足。卡斯珀和迪伊就像他妈妈煎蛋时用的特氟龙平底锅——什么都不粘。他过去从来都没机会动他们——他们在一个伊恩难以企及的层面上。大家都用一种他从未体验过的方式尊重着这两个人。如果他可以征服他们，这将是告别校园的绝佳礼物。当然了，他也很可能跟他们一起倒霉，不过这个风险和他此次掌握着的权力一样令人兴奋。

他看了一眼迫切想要加入的罗德，随即作出了决定。"去找卡斯珀，跟他说几句话惹恼他让他揍你，"他即兴发挥道，"不过如果事后老师问起来，别说任何我跟你说的之类的话。他们肯定会问的。"

罗德大张着嘴："什么？为啥？我不想挨揍！而且，这件事和卡斯珀有什么关系？"

"间接出击——而且这是最好的办法。黑人小子不会知道你和我跟这事儿有任何关系。"

"和哪件事有关？"

"我们要让他觉得迪伊在他和卡斯珀中间脚踏两条船。要做到这一点，最好的办法就是让迪伊对着奥赛说很多关于卡斯珀的话。让她为卡斯珀说话。这会让奥赛疯掉的。他已经有点怀疑卡斯珀了。这样做会让他忍无可忍的。"

罗德摇了摇头，好像呆了似的。"我听不懂你在说什么——这太复杂了。为什么我们不干脆揍那个黑人小子一顿？"

"因为那样什么目的也达不到。咱们不想让他成为受害者——那样只会让迪伊更喜欢他。"伊恩解释起来有点困难，因为对于这个策略，他也还没完全想清楚，不过他直觉上觉得能成功，他对这种事情的判断一直都挺准的，"你瞧，你想不想有机会和迪伊在一起？"

罗德注视着迪伊和奥赛，两人现在正坐在沙子上。奥赛一边把手放在迪伊背后，一边开心地笑着，露出了一口和他的皮肤形成鲜明对比的洁白牙齿。罗德转身对伊恩说："我跟他说什么好？卡斯珀从来不会发火。"

"说点关于布兰卡的事情，说点下流的。"

罗德的脸变得更红了。

"我敢肯定你能想到些什么的。"伊恩加了一句，"去吧，只管做就是了，否则那个新来的小子会把你的女孩抢走的。那就是你想要的？一个黑人小子和迪伊交往？相信我——事情会一直这样继续下去的，除非你跟卡斯珀打一架。"

罗德深吸了一口气，挥起双拳，步履蹒跚地朝着跳绳的女生们走了过去。

伊恩叹了口气。要是能找一个更得力的人来帮他做事就好了。

他知道，自己现在不应该公然地看着罗德和卡斯珀——那可能会透露出他就是打架事件的幕后主使。况且，看着罗德把事情弄得一团糟会让他心痛不已——而罗德很可能会这么干。如果罗德搞砸了，伊恩会撇清跟这件事的关系，而且他知道，要是和罗德对质，自己肯定能赢的。

他走向了海盗船上正在掰腕子的男生那里。男生们已经把这个较量弄成了某种锦标赛，有两组人同时在进行半决赛。伊恩看着两个男生赢得了胜利并转身面对着彼此。

"现在下注吧。"伊恩宣布道。当他设立赌局的时候，他会拿走作为赌注上交的糖果或钱的百分之四十作为抽成，辩称他承担了万一被老师发现而被停学的风险。有时候，他也会惊讶于没人抗议他的高额抽成。他们似乎不敢跟他讨价还价。

掰腕子的人和下赌注的人猛地把头转向了伊恩说话的地方，一阵不安随之在他们当中散开。有几个男生有点恼火，明显是觉得他们的乐趣被玷污了。伊恩记住了这些表情，为了将来的某天而记住的。

"来吧，你们不想让这变得更有趣吗？"他继续说道，"否则，这就太无聊了——只是掰腕子而已。如果下了注，你们会更在乎谁赢了的。"

他没能看到自己能从赌注中赚到多少，因为从操场那边传来的喊叫声打断了他们："干一架！干一架！"

男生们抛下了海盗船，纷纷像老鼠一样跑去加入了在跳绳区域周围形成的一圈人墙。每过几周就会有打架事件发生，这还是操场娱乐活动的重头戏，尤其是当你自己没参与其中的时候。伊恩走得更慢一些，因为他知道打架的人是谁，也知道他会看到什么。

*

迪伊才刚刚为奥赛把自己的辫子解开，就听到了一阵熟悉的叫喊声："干一架！干一架！"他们看了一眼对方，虽然不情愿，但是这个喊声太大了，两人还是加入了旁观的人群。

迪伊惊讶地发现，在一圈学生中间针锋相对的是卡斯珀和罗德。卡斯珀从来不会打架的。

"你说什么？"他大吼道。

"你听到了。"罗德一边答道，一边紧张地踮着脚尖跳来跳去。

"收回这句话。"卡斯珀要求道。

"不。这是真的！"

"卡斯珀，别让他说那件事！"布兰卡喊道。她站得离他很近，咪咪拉着她，以免她冲进两个男生中间。

"收——回——这——句——话。"

"不！"罗德似乎扑向了卡斯珀，佯装打了一拳，而卡斯珀也回敬了一拳，既是为了挡住他，也是为了发起进攻。他的拳头结实地打了下去，正中罗德的脸，罗德立马就倒下了。大家都倒吸了一口气，布兰卡开始尖叫。罗德躺在地上，紧紧地捂着眼睛，而胜利者站在他面前，双拳仍然紧握着，一脸困惑，好像他无法接受自己刚刚的所作所为。

迪伊看了一眼身边的奥赛。他正用一种她不太能读懂的表情看着卡斯珀：惊讶、着迷，还有某种别的东西。警惕心。距离感。还有对他的评判。当奥赛开始拒绝吃她的草莓的时候，她在他的眼睛中瞥到了一丝一闪而过的黑暗。

被咪咪搀扶着的布兰卡正尖叫个不停。迪伊知道，自己应该过去帮她，但是又退缩了，因为不想被牵扯进这场闹剧里。布兰卡会不停地说起这件事，直到学年结束，甚至可能会说到升初中之后。

很快就有两个老师来到了现场——洛德小姐一边扶着罗德站起来，一边用湿润的棕色纸巾按着他的眼睛，带着他去医务室；布拉班特先生抓着犯事者卡斯珀的手臂，把他往校门口拉过去，卡斯珀一直低着头。

他们走开以后，周围的一圈围观者还在成群结队地讨论着刚刚发生的事情。迪伊偷听着周围的谈话。

"罗德什么也没做——卡斯珀就揍他了！"

"他一定是做了**什么事**。"

"你能相信**卡斯珀**会那样做吗？他从来不打架的！我觉得他在学校这么多年从来没打过架。"

"为什么他会不顾自己的名声做出这种**蠢事**呢？"

"罗德跟他说了些什么。我看见了。他走上前去跟卡斯珀说了几句话。"

"他说什么了？"

"一定是对卡斯珀来说很糟糕的事情，否则他也不会有这种反应。"

"肯定很不好。"

"对，最不好的那种。"

"我听见罗德说了些关于布兰卡的事情。"

"不，是关于卡斯珀妈妈的事情。"

"关于他妈妈的什么？"

"谁知道呢？"

咪咪绝望地看了迪伊一眼，于是，她离开了奥赛，过去和咪咪一同安抚哭得歇斯底里的布兰卡。由于卡斯珀被布拉班特先生带走了，所以布兰卡哭得更大声了。无论是谁都会以为是**她**而不是罗德被打了。

迪伊失去了耐心。"看在上帝的分儿上，你就不能安静一点吗？"即使在她说这句话的时候，她也能听到自己脑海里回荡着母亲的声音，告诉她不要不敬地引用上帝的名字。

布兰卡啜泣着："你说得容易，完美小姐。又不是**你**受到了别人的侮辱，也不是**你的**男朋友捍卫了你，更不是**你的**男朋友可能要被停学！”

咪咪用头示意了一下，两人随后带着布兰卡到了一个安静点的角落。她们现在可以接管这个地方了，因为卡斯珀和罗德已经离开了，而布兰卡的观众们也正在散开。

“罗德到底说什么了？”迪伊问道。

“我不能说——这太可怕了！”

“布兰卡，如果你不告诉我们，我们就帮不了你。”迪伊坚持道。

布兰卡靠着校园的砖墙，说道：“他说——他说……”她停了下来，嘴唇颤动着，又开始哭了起来。这一次她看起来是真的难过了。

“深吸一口气，然后再吐出来。”咪咪命令道。迪伊很佩服她在面对这样的情绪时还能保持果断。而且这奏效了，布兰卡断断续续地吸了口气，又呼了出来，终于冷静了下来。

“你就快速地重复一下他说了什么——一口气说完。”

“罗德说我很下贱，说我跟卡斯珀发生了关系。可我没有！”布兰卡用手捂着脸，显然是为重复这种指控而感到尴尬不已。

迪伊几乎快要哼出声了，不过还是忍住了。男生们总是说关于女生们的这种话。这次又有什么不同呢？

布兰卡仿佛是读懂了她的想法，放下双手补充道：“他说得太大声了，当着所有女生的面，当着四年级学生的面！这太让人尴尬了！现在好了，卡斯珀揍了他，**每个人**都在谈论这件事。他们都会觉得我很下贱的！”

“布兰卡，你应该担心卡斯珀，”迪伊反驳道，“他才是可能被停学的那个。”她无法想象被停学是什么样的。她在学校里的纪录是清白无瑕的，卡斯珀在今天以前也是一样。她想起来，布兰卡曾经在五年级的时候被停学过，因为她穿了一条不仅露出了肚脐眼，还露出了髋骨的紧身超短热裤到学校。而只有像罗德这样的学生才会经常因为扔石头，或是在操场上烧树叶这类事情而被停学。

布兰卡正奇怪地看着她："你的辫子怎么了？"她肯定是已经有点恢复过来了，所以才会问出这个问题。

"奥赛想看看我头发松下来的样子。"迪伊难为情地回复道。辫子让她的头发变得像波浪一样，从她的头上涌出来，跟嬉皮士的头发似的。她的母亲如果看见了肯定会生气的。迪伊只能在回家前再把辫子梳上了。

"哦对了，迪伊，你落下了你的——"咪咪突然不说了，因为伊恩走了过来。

"你还好吗，布兰卡？"他说。

布兰卡用手背擦着眼睛。"我很难过。"她说道，尽量让自己听起来十分高贵，这让迪伊很想笑，因为这和她平常热情奔放的形象相差太大了。"而且，我很担心卡斯珀，"她补充道，"他可能会被停学的！"

"罗德是个蠢货，"伊恩说，"只是，卡斯珀这样做太可惜了。现在没人会相信他了——甚至他的朋友也不会了。比如你的男朋友。"他对迪伊点了点头。

"你什么意思？"

"他真的很震惊。卡斯珀之前对他那么好——你知道吧，他没必要对一个黑——一个新来的男孩这么好的。所以奥赛现在看到卡斯珀的另一面之后，完全不知道该作何感想。"

"卡斯珀没有'另一面'！"迪伊抗议道。

"那么，你跟你男朋友说去吧，因为他正困惑着呢。"

"我会的。"

咪咪正对着伊恩皱眉头。迪伊发现他们在一起的时候很吃惊。两人太不一样了：咪咪很特别、很敏感；而伊恩——好吧，他就是个小流氓，尽管他除了三年级那次之外就再没骚扰过迪伊，那次他在她的裙子上抹了胶水，并且告诉她说自己要追着她回家。不过，即使在那时候，这也让人几乎感觉是他在按名单对每个人使坏，一个一个地使坏。

而现在，伊恩似乎有关于奥赛的内部消息了，这让她很困扰。迪伊很认可她的男朋友和卡斯珀做朋友，但是看见他和伊恩说话却让她很紧张。准确地说，迪伊也不是不喜欢伊恩，但是她也不信任他。

这更让她下定决心和奥赛谈一下卡斯珀了。他和卡斯珀待在一起要比和伊恩待在一起好多了。她会让他放心，告诉他卡斯珀揍罗德并不符合他本人的性格，只是为了捍卫布兰卡。奥赛会理解的，她很肯定。奥赛也是个有荣誉感的人。

她离开了咪咪、布兰卡和伊恩，排到了队伍里。有几个同学站在了奥赛后面，但是他们什么也没说就退后让她插了进来。她对奥赛微笑了一下，但让她惊讶的是他并没有回应，而是一脸严肃。**他一定是在想卡斯珀的事情**，她想，**至少这件事我可以解决**。

"别担心，"她安慰他说道，"我敢打赌，他们不会让卡斯珀停学的。等他们听到罗德说了布兰卡什么之后……"她的声音逐渐弱了下来，面对奥赛脸上一闪而过的嫌恶表情，她有点不知所措。

"为什么我要担心卡斯珀呢？"

"呃，他是朋友啊。"

"可能是你的朋友。但不是我的。"

"他当然是你的朋友了！"

奥赛的表情很怪异。"迪伊，我来这里才一个上午。**没有人是我的朋友。**"当他看见她的脸色变了的时候，语气缓和了下来，"好吧，除了你。但是我不知道任何其他足够能和他们做朋友的人。我是新来的男孩——新来的，黑人男生。一整天下来，我不挨揍就已经很幸运了。"

"你太夸张了。老师们不会让这事发生的。"

奥赛叹了口气："迪伊，让我告诉你一件关于老师们的事情吧。在纽约的学校里的时候，一个老师让我为全班同学做一篇关于加纳的报告。不是我今天早上为你们班做的那种简短的报告，那个更长。我要报告加纳的历史、文化、生产和出口什么样的农作物。所有的客观事实，你明白吧，所以我收集了信息。有一些我本来就知道，但我也去了图书馆阅读关于加纳的书，还问了我的父母。然后我提交了报告。你知道老师给我所付出的这些努力打了什么分数吗？一个 D！我觉得，如果可以的话，她肯定会给我一个 F，但是只有你根本不做作业的时候才会得 F，而我显然是做了作业的。"

"她为什么给你打 D？"

"她觉得我捏造了其中的一部分内容。"

"你捏造了什么？"

"我什么也没有捏造！我报告里的一部分是关于奴隶制的。你知道吧，很多加纳人被奴隶贩子抓住并且被带到了美洲和西印度群岛。"

"我——知道。"迪伊如实回答道，这样更容易些。她以前并不知道奴隶是来自加纳的，尽管他们可能上课时教过这个，而她忘了。"所以……那不是捏造的，你说的这个。"

"当然不是。但是我也解释了，有一些部落的首领和白人奴隶贩子做了交易，献出了一部分他们的人民，以换取部落里其他人的安宁。但老师觉得我在撒谎，于是给了我一个 D。她甚至说我是歧视自己民族的种族歧视者。"

"所以那是真的吗？部落首领做这种事情？"迪伊试着隐藏她的诧异。

"是的，是的，但重要的不是这个。"

"你怎么做的？你有让你的父母和她谈谈吗？"

奥赛停了一会儿没有回答，脸上浮现出一个苦涩的微笑。"是我**父亲**建议我和全班同学讲部落首领的事情，说这是为了让整个故事更全面公正，这样他们就不会为奴隶制的这部分内容而感到太糟糕了。这样比较有**外交手腕**。我什么也没跟我父亲说。我可不打算告诉他，他的外交政策最后是个什么下场。所以，你明白了吧，甚至连老师们也不是站在我这边的，而是在想方设法让我犯错。我不能相信老师，也不能相信同学。"

"不是这样的！你可以相信我。你可以相信咪咪——她是我最好的朋友。"迪伊把脑海里咪咪对于她和奥赛交往所发出的警告压了下去，"而且，你也能信任卡斯珀。"她加了一句。

"为什么你说他也是呢？他刚刚毫无缘由地打青了罗德的一只眼睛。"

"他揍罗德是事出有因——他在捍卫布兰卡。我敢打赌，如果有人把说她的那些话用在我身上，你肯定也会这么做的。"

终于——有件事奏效了。奥赛站得直了一些，这样更容易进入他高贵的、时刻护着女朋友的男友角色。"我会把他们两只眼睛都打得乌青。"

迪伊把手滑进了奥赛的手里，两人十指紧扣地跟着队伍往前向教室走去。"那你就能理解我们为什么要支持卡斯珀了。他什么也没做错。"

奥赛看起来一下子就低落了，试图把手拿开，但是迪伊握紧了他的手——直到布拉班特先生朝她皱了皱眉并摇了摇头。如果她不够小心的话，她自己也可能要被停学。于是，她松开了奥赛的手。

迪伊跟着奥赛走上楼梯向教室走去的时候，老师喊住了她。迪伊想大喊奥赛让他也停住，不过，如果这样的话，布拉班特先生可能会责备他们两个人手牵手。她知道他不喜欢这个新来的男孩，他会抓住每一个机会来表现这一点。

但是布拉班特先生接下来的话让她吃了一惊。"你的头发怎么了？"

"噢！我……我把辫子解开了。"迪伊脸红了。布拉班特先生从来没谈起过任何关于她头发的事情，不过他没有任何理由要这么做。在今天之前，她一直都把头发束得又紧又齐。

"看起来乱糟糟的。"

迪伊想张嘴道歉，然后又停了下来，因为她想起了早前在操场上对布拉班特先生的反抗。"把头发弄成这样并不违反学校的着装要求。"

布拉班特先生皱了皱眉说："是的，不违反。不过这个样子不像你。"

迪伊耸耸肩说："我喜欢把头发弄成这样。"

"是吗？"

"是的。"实际上，她的头发弄得她脖子发痒，而且时不时地就钻进她的嘴巴里。但是迪伊可不打算告诉布拉班特先生这些。

"那太遗憾了，因为这并不适合你。相信我。"

迪伊低下头，她不想和老师的目光对上。她感觉自己就像是在被父亲责骂一样。

"好吧。上去吧，到教室去。"

迪伊压抑着心中的不安，匆匆走开。

回到教室，坐在课桌前，迪伊总是忍不住去看她隔壁小组里卡斯珀的空座位，希望他能奇迹般地再次出现。她能听见布兰卡在教室的另一边抽泣着，她正利用这个新场景来进行表演。

"够了，布兰卡，"布拉班特先生说，"安静。我们不要把操场上的事情带到教室里。现在，我们来做一个关于美国总统的突击测验。拿出你们的铅笔。奥赛，你也可以参与测验，不过我不会给你打分的。突击测验能告诉你，你现在的状况和所需要掌握的知识之间的差距，这样你就能着手弥补这些差距了。你可能只会在我的班里待一个月，不过这段时间也不会白费的。"

迪伊皱了皱眉头。她想反驳布拉班特先生，他仅仅因为奥赛是非洲人，就假设他不知道美国总统。她希望她可以为自己的男朋友挺身而出，就像卡斯珀为布兰卡做的那样。但是，在布拉班特先生刚刚那样和她说过话以后，她不能这样做。而且，奥赛似乎没有被这个假定所影响：他只是点了点头，并把史努比笔袋从课桌里拿了出来。他的史努比笔袋让她吃了一惊，直到她想起两人早上交换笔袋的事情。

她把手伸进自己的书包，然后拿出了——她什么也没拿出来。她在包里四处翻寻，把书本推开，一件羊毛开衫、一包纸巾和一个装着抓子游戏道具的小包。但没有草莓笔袋。她打开课桌盖，尽管知道笔袋不在里面，她还是去找了找。她能感觉到奥赛的眼睛在看着她。

"我能借一支铅笔吗？"她轻声道。

"你不是有草莓笔袋吗？"

"我有。"迪伊回答得太快了，她知道这一点，于是她试着控制接下来几句话的语速，"我吃午饭的时候把它拿回家了，肯定是落在家里了。实际上，我现在想起来了——我把它拿给我妈妈看了。它在厨房的餐桌上。"

她永远都不会把笔袋给她母亲看的，因为她会说这个太轻佻，然后把它没收了。正是因为这个，迪伊才不得不把之前的史努比笔袋藏起来。

接过奥赛递过来的铅笔时，迪伊发现自己不敢直视他的双眼。才没多久，她已经对他撒了第一个谎。

第四部分

下午课间休息

—

泰迪熊，泰迪熊

请你转个身，

泰迪熊，泰迪熊

请你摸下地，

泰迪熊，泰迪熊

请你秀出鞋，

泰迪熊，泰迪熊

这样就行啦!

泰迪熊，泰迪熊

请你走上楼，

泰迪熊，泰迪熊

请你来祷告，

泰迪熊，泰迪熊

请你关上灯，

泰迪熊，泰迪熊

请你说晚安!

下午课间休息时间到了，大家正往外走，这时，咪咪把伊恩拉到了一边。伊恩没料到她会这么做。她不是那种会主动行动的人——更不用说当着同学的面了。把他和其他同学分开，这让他显得很弱，而且控制不住场面。这是他该对她做的事情，以便让大家明白谁是老大。伊恩很生气，在过道里站得离她远远的。"干吗？"如果他不快点赶到操场上，踢球游戏就开始了，他就当不了队长了。

"我想跟你说点事情。"咪咪的表情很温柔，这是女孩子们想要表达自己感觉的时候的那种表情。伊恩听了不寒而栗。这是他现在最不需要的事情了。

他打断了她："你拿到迪伊的什么东西了吗？"

咪咪停了一会儿，舌头在牙套上打转，显然是忘了她本来想说的话。她看起来很痛苦，很不开心，脸上还有很多污渍。"我拿到了。"她继续犹豫着。

"嗯？你拿到什么了？"

咪咪从包里拿出了一个粉红色的塑料长方体，上面印着几颗草莓。

"这是什么鬼东西？"伊恩质问道，"不管是什么，这东西真难看。"他的语气让她畏缩起来，而这正是他想要的——这让他重新回到了主导地位。

"这是奥赛的——新来的男孩的笔袋。他把它给了迪伊。迪伊不小心弄丢了，我把它捡了起来。我知道你说过想要一些卡斯珀给迪伊的东西，不过这个能替代吗？"

伊恩的注意力立即转移到了笔袋上，仿佛像聚光灯落在了舞台上的一个角色上那样。咪咪不安地来回踱着步。伊恩则微微一笑。这正是最合适的东西，而她完全不知道这意味着什么。咪咪不像他那样有战略思维。她完全不明白操场上的事情和它运作的机制，也不明白一个像奥赛这样的男生的出现会对事情本来的秩序产生多大的干扰。她不能像伊恩即将做的那样，试着把一切恢复到原来的样子。真的，她应该感谢他。

"谁知道你拿了这个笔袋？"

"没人知道。"

"很好。"伊恩伸出手说，"把它给我。"

咪咪站着停了很久，手里拿着笔袋，看起来就像一只被困住的动物——一只自愿走进陷阱但现在开始后悔的动物。伊恩耐心地等着。最后她会把它交给他的。

不过他首先等到的却是她的讨价还价，这让他出乎意料，同样让他感到意外的还有咪咪提出的要求。"我不想再跟你交往了，"她说，"只有你答应跟我分手，并且不再来找我，我才能把它给你。"她的脸上充满了痛苦——与几天前在旗杆下的粉红脸颊和兴致盎然截然不同。

伊恩隐藏起自己的愤怒。他没让她觉得自己因为被拒绝而受到了伤害，也没让她觉得自己想知道她不喜欢自己什么。因为他已经知道是因为什么了：他们一点也不像。他很冷酷，而她很奇怪。

倒不是他有多么喜欢她。但是伊恩不想让其他人发现咪咪把自己给甩了。等晚些时候，他会去男生中间放话，她拒绝跟他发生关系，或者他可以说她已经和他做了，然后他把她给甩了。他得想想如何从目前的处境全身而退。尽管如此，他还是想要这个笔袋。"好吧。"他说。

咪咪不为所动。"你不能说我的坏话，或者说一些像罗德说布兰卡那样的话。"她好像听到了他的心声一样。

"我什么也不会说的。但是，你也什么都不能说。"他加了一句，然后不耐烦地摆了摆手，"好了，你到底打算给我还是不给我？"

咪咪咬着嘴唇。她递出笔袋的时候，他能看到她的手在颤抖。她不擅长这种谈判，手上没有任何能约束他的筹码。他可以轻而易举地把分手转向对自己有利的一面。

"那你继续往外走吧，"他接过笔袋说，"我一会儿就到。"

咪咪盯着已经被伊恩牢牢地拿着的笔袋。她看起来很害怕，眼睛里闪烁着的奇怪斑点，让她的眼睛转了起来："你打算拿它做什么？"

但是伊恩已经转身去他们教室隔壁的衣帽间了。"不关你的事。"他侧过头说道。他在衣钩上翻找自己的外套时，还能感觉到她在走道上一动不动，这让他咬牙切齿。"蠢货。"他嘟囔道。他现在的感觉和在旗杆那儿对她的感觉相差十万八千里。他找到了自己的夹克衫——简单朴素的海军蓝，因为过去几周天气越来越暖和了，已经有一阵子没穿了。在把刚拿到没收的财产装进口袋前，他打开了笔袋，看看里面有什么。里面没什么特别让人感兴趣的东西：不同长度和颜色的铅笔、几块橡皮、一个塑料铅笔刀、一把短短的尺子、一枚一角的硬币、一块火箭筒泡泡糖、一张小字条、一个装满了魔术橡皮泥的塑料鸡蛋。他留下了硬币，拆开了泡泡糖——看也没看就把附赠的色彩亮丽的漫画扔了——塞到了自己嘴里。他看了一眼字条：字条上用一种特别的、有很多圆圈的字体写着奥赛的名字、地址，还有电话号码。他想象着自己可以用这个号码打的骚扰电话，不禁笑了起来。这个机会不费吹灰之力就送到了他的眼前了。

伊恩把其他东西都扔到了一个纸盒子里，其中装满了一堆课堂垃圾：断掉的粉笔、用旧的黑板擦、灰色的金属书架、美工纸片。他从一本关于美国主要农作物（玉米、小麦、棉花、牛肉）的习题册里抽出一沓纸，盖在了从笔袋里拿出来的东西上面。一直到本学期结束，暑假开始，洛德小姐来打扫衣帽间之前，几周之内都不会有人发现它们的。那时候他早就走得远远的了——去另一所学校，去整其他倒霉蛋。

笔袋清空之后，伊恩开始仔细打量它。天啊，这真是太可怕了。只有女生才能受得了用这么俗气浮夸的东西。这个笔袋唯一有趣的特点就是上面的浮雕草莓，球状的点点在塑料表面上凸起，让他想到了乳头。他在过去几年偷来的《花花公子》杂志里看到过这样微微凹下去的乳头。他偷瞄过的女生的乳头——当他偷窥她们换衣服去体育馆时，或者他逼迫五年级女生为他把上衣撩起来时——很小、很光滑，就像鸟嘴一样。伊恩摸了其中一颗球状草莓，随着指尖的触感传到他的下腹，他笑了起来。或许这就是黑人小子会有这个笔袋的原因吧，如果它对他也有同样的效果的话。

但是他绝对不能留着这个笔袋。用它来把操场上的事情搅浑，要比拿它在更衣室里让他兴奋来得有用多了。伊恩可以用其他东西来获得快感。不过，他该用这个笔袋做什么呢？如果想要对奥赛产生最大的影响，就需要让卡斯珀得到它，这样它才能成为伊恩在奥赛那里种下的疑问的确凿证据。但是卡斯珀不会拿着这样一个东西。稍微有一丁点自尊心的男生都不会拿着一个上面有草莓的粉红色塑料笔袋的。

如果卡斯珀不会拿着，那就得找一个和他走得很近的人。有了。伊恩笑着，自顾自地点了点头，他已经想到要怎么做了。他穿上了夹克衫——虽然外面已经暖和了，但是他需要一个能藏东西的地方——他把笔袋塞在内袋里，朝外面走去。

六年级学生已经聚集在一起，准备玩下午的游戏了，下午，女生们和男生们一起玩。由于平日里的队长——卡斯珀和伊恩——都不在，两个替补队长担起了这个角色：罗德——还有，让伊恩感到惊讶的是，另一个是奥赛。一个新来的黑人男孩，怎么能如此快速而轻易地爬上操场的等级阶梯呢？伊恩以为他的同学们会更有出息一点的，不过他们看起来都是娘娘腔，主动地滚开，让这个新来的统治他们。伊恩得快点行动了，否则奥赛将会彻底接管这里。

罗德一看见伊恩就跑了过来，喊道："伊恩！伊恩到我这队。"他右眼周围的皮肤已经变成了墨蓝色，不过，除了被卡斯珀打到的地方，其他地方倒是完好无损。伊恩感到了一阵恶心。

"我要被留校了，"当伊恩走近之后，罗德悄声对他说，"杜克夫人说，如果不是因为这个乌青眼眶的惩罚已经足够，她会让我停学的。我的眼睛好痛！"

"你提到我了吗？"

"没有，我说了我不会，当然没说。"

"很好。"

"嘿，现在没轮到你选，罗德！"有几个学生喊道，"轮到奥赛选了。"

伊恩站着，等着奥赛思考接下来为自己这队选哪个人。他已经选了几个人，包括迪伊和咪咪。尽管伊恩厌恶这个黑人男孩，但是当奥赛的眼神落在伊恩身上时，这种关注还是让他激动不已——这是积极的关注，而不是他更习惯的来自其他人的望而却步的不安。

奥赛对他点了点头："伊恩。"

伊恩点头回应，并走过来加入了队伍，罗德在一旁念叨道："妈的！"

奥赛和罗德继续选队友的时候，伊恩发现了他在寻找的人：布兰卡，她正一个人坐在海盗船上生闷气。她不会来玩游戏，而是喜欢公开舔舐自己的伤口。完美。

他们抛硬币输了，要先去外野区。伊恩没有等奥赛告诉他去哪个位置，就径直走向了靠近海盗船的外野区三垒。幸运的是，迪伊在外野区的另一面，离他很远，而奥赛背对着伊恩投球。他们都不太可能看见草莓笔袋。伊恩得以偷偷溜到布兰卡那里，布兰卡正坐在船的甲板上，双臂搭在上面的栅栏上，头靠着其中一条胳膊。她的厚底凉鞋踩在栅栏的下沿，如果伊恩换个角度，他就能看到她的裙底了。不过，他没有调整到一个更好的位置，因为他需要专注。"布兰卡。"他轻声喊道。

布兰卡没有回应，于是他又稍微大了点声喊了一遍她的名字。她无动于衷地看了过来。在两人同校的几年里，伊恩从来没能成功地控制住或是吓唬到她。布兰卡太自我陶醉了，以至于她根本不会怕他。她有她自己的一股力量，能够制造出自己的灾难。伊恩对她来说什么都算不上——或者说，在今天以前什么都算不上。现在，他可以改变这一切了。

"我有样东西给你。"他继续说道，停了一下，并不急着说完。一个女生一脚把球踢到了游击手那儿，第一个出局，伊恩和他的队友一起拍手叫好。"是卡斯珀给你的。"他终于说道。

布兰卡猛地抬起头，脚落到甲板上。"什么？"她尖叫道。

"嘘。这是个秘密——一个只给你的东西。"伊恩不希望她现在就把注意力拉到他们这边——在他自己安全脱身以前可不行。他凑近了一些，"他在校长办公室，要去厕所的时候，我碰到了他。他让我把这个给你。"伊恩从夹克衫口袋里拿出了笔袋并递给了她。

布兰卡惊呼了一声："哇，这太可爱了！"她用手指来回抚摩着草莓，就像伊恩刚才做的那样，"等我拿给其他女生看吧！"

"别！现在先不要。"

"为什么？"

一个男生把球踢向了外野区，在一垒和二垒之间，并且开始向一垒跑去。

"卡斯珀希望这能成为你们之间的秘密——一个只有你和他共享的东西。只是暂时的。况且，你应该在展示给大家看之前先感谢他。"只要运气稍微好一点，卡斯珀几天之内都不会回来，如果伊恩可以让黑人男孩看见谁得到了这个笔袋，到那时候，奥赛和迪伊之间的裂痕就形成了。他知道，自己现在正利用惯性滑行着，就像不握刹车，骑行在下坡路上。但是明知道自己可能会撞上什么东西——正是乐趣的一部分。

"好吧……"布兰卡看起来很困惑，"卡斯珀没事吧？他被停学了吗？"

"我不知道。"伊恩这次倒是可以诚实回答。

"他担心我吗？他应该担心我。每个人都知道罗德说了我什么，我还得坚持在学校。"伊恩没有发出她所期待的同情的声音，于是她补充道，"太糟糕了！当女生太难了。你根本不会懂的。"她摆弄着她的黑色鬈发来强调自己说的话。

"我想肯定是这样的。"伊恩表示同意，因为这样要更容易些。

罗德上场了。"快让那个浑蛋出局，"布兰卡嘘嘘道，"他敢伤害卡斯珀，我简直想杀了他！"

她的话仿佛有魔力似的，罗德把球高高地踢向了伊恩。他本可以故意漏接这个球，不过，这次他向前一步迎了上去，稳稳地用胸部接住了球。布兰卡大声地欢呼着，好像她在他们队里似的，这出人意料的欢呼让伊恩心里充满了骄傲感。

他们轻易地就让对方三振出局了，两支队伍交换场地，在接下来的比赛里，罗德的队伍要去外野区。奥赛的队员们聚集在他们的队长周围，听候队长发布踢球手的顺序，伊恩低声对他说："通常我们会让一个女生先踢。你可以问问迪伊。每个人都会希望你让她先踢的。"

奥赛点点头，说道："先是迪伊，然后是邓肯，然后伊恩，我，还有……"他依次点着剩下的队员。

迪伊是第一个上场踢的，和平常一样，她踢出了一脚短击球，然后奔向了一垒，罗德是那儿的守垒员。她尽可能地站得离他远，以表现出自己对他侮辱布兰卡和激怒卡斯珀的行为蔑视。实际上，大部分女生都开始排挤他了，甚至包括被他选到队里的那些女生。罗德耷拉着头，显然是不太喜欢他"操场贱民"的新角色。伊恩一边走向奥赛的旁边站定，一边得意地笑着。

不过现在他得开始行动了。"你组建了一支很棒的队伍。"

"谢谢。"奥赛的目光落在邓肯身上，他是下一个踢球手。

"我看见布兰卡从卡斯珀那儿拿了个东西，"伊恩说道，"我猜他肯定很喜欢她，还送她礼物。"

"噢。"奥赛没有在专心听。伊恩可能需要说得更直白一些。

"我从来没想到她是个喜欢**草莓**的女生，真是莫名其妙，"他说，"如果可以根据她嘴唇的颜色判断的话，她应该更喜欢'此刻未来'牌樱桃糖。"

奥赛转过身说："哪种女生？"

"喜欢草莓的女生。"

"喜欢草莓的什么？"奥赛的声音中透着一丝怒气。他的猎物如此轻易地就上钩了，这让伊恩心满意足地想笑。不过，他谨慎地保持着脸上不动声色。

"她有一个新的笔袋，上面有草莓。她说是卡斯珀给她的，还说她想玩这个笔袋，而不是来玩游戏。"他耸肩说道，"女生啊女生。"

"她在哪里？"

伊恩伸手指了指。布兰卡依旧坐在海盗船上，笔袋放在膝盖上，一会儿拉开拉链，一会儿又拉上。如果你不是有意在找笔袋，你不会注意到的——正如待在一垒的迪伊没发现那样。咪咪也没发现，她正和其他踢球手一起坐在长椅上。不过奥赛已经知道他在寻找什么了。当他看见布兰卡膝盖上的那闪闪的粉红色时，他整个人都僵住了——完全僵住了，以至于没有去看邓肯远远地把球踢过了迪伊所在的二垒，最后落在了一垒上。

伊恩开始认为自己不需要再多做些什么了——毒药已经开始生效，他可以轻松地放手，看着它散播开来。他只需要小心一点，让自己看起来超然冷静，并且否认自己和这些有任何联系。

做完该做的事情了，他总算可以上前走向体育场，带着一整天都没有感受过的轻松——可以说是一整周、一整年都没感受过的轻松。他向外朝全是队员的场地看去，按理说，这些都是他的队员，而不是罗德的。他想着：**我要踢出一个本垒球，让你们看看，我是怎样统治着这片场地的**。他瞄准了操场最远的一角，朝着向他滚来的球跑去，触球，将它踢向了他的目标位置。

*

每当有人成功地踢出本垒球，每个在垒的球员都会在回到本垒的途中进行庆祝，走路、跳舞，或是围着他们跳来跳去，笑着喊着炫耀他们的荣耀，刺激他们的对手。迪伊欢跳着，她很激动奥赛的队伍已经得了三分，很可能要压倒性地赢得胜利了。奥赛第一次当队长就取得了这样的结果。这是个绝佳的开头。**他会在**

这所学校过得很好的，她想，**而他是我的男朋友。**

她跳着回到了本垒，双脚跳到了垒上，然后开始和她的队友击掌。邓肯在她后面跑到了本垒，他伸出了一只手。"来击掌吧。"他说。

迪伊和他击了掌，掌心对掌心。

"再来黑色这面。"两人用手背再次击了掌。

"再击下拳吧。"两人把手捏成拳头，上上下下碰了几下。

"我懂你呀！"他们拇指交叉握了握手，就像他们在电视里看见黑人所做的那样。

迪伊一直在笑，直到她看见了奥赛。奥赛面无表情地看着他们的庆祝仪式。迪伊脸红了。"噢，奥赛，我……"她停住了，有点难为情，不仅是因为，从他的眼里看来这个击掌仪式现在看起来像两个试图耍酷的白人小孩之间的滑稽表现，还因为他转身离开她，走向了本垒。他站在那里，一脸严肃，等着球回到投球手的地方。

迪伊盯着奥赛，刚才她还在为得分而感到愉悦，此刻却错愕不已。显然，他不会因为这个愚蠢的击掌而生她的气吧？身为白人去说"黑色这面"是冒犯人的吗？看着他愤怒的背影，她费解得想哭。

"他在生卡斯珀的气，就这么简单。"她听到背后有人说话。伊恩刚跑完几个垒，正站在附近，他平日里浑浊的灰色眼球此时闪着光，脸颊也红了。他伸出了手，掌心向上。

出于礼貌，她也跟他击了掌。伊恩稍稍弯曲了一下手指，整个拉住了她的手掌。这种感觉太惊悚了，迪伊立马把手抽了回来，不过她随后意识到他可能生气了。"那一脚真不错。"她说，随后又奇怪自己为什么要安抚他。

"谢谢。我想，你肯定能让他在卡斯珀的事情上稍微好受一点。"

"我……"**那真的是问题所在吗？**迪伊想着，但是并没有说出口，因为她不想和伊恩谈论奥赛。

"有一个黑人男朋友不容易啊，"伊恩毫不留情地继续说道，"大部分女生都不会这样做的。你需要各种各样的支持。如果卡斯珀和奥赛成了朋友，一切对你来说就会容易一点了。有一个像卡斯珀这样的人和你一起，你可以做任何你想做的事情——如果你愿意，甚至可以和黑猩猩交往。"

迪伊刚张开嘴，又停住了。他正在对她微笑。"我喜欢你把头发弄成这个样子。"他说道。

迪伊转过身来，心里充满疑问。他是在说奥赛是黑猩猩吗？不，不是的，她走向队里的队席坐下时想清楚了，不过他的言辞很奇怪，就像已经有一点变酸但又还没发出臭味的牛奶那样。然而她不确定如何反驳这一点，因为伊恩看起来似乎是真的想要帮忙。

在伊恩的本垒球之后，奥赛踢的一脚看起来有点漫不经心。不过，他到达了一垒，然后站在那里，他并没有朝迪伊这边看，而是穿过场地朝布兰卡坐着的海盗船看去。迪伊皱了皱眉。事情有些不对劲，而她不知道到底是哪里不对劲。她真希望伊恩不要再盯着她看了。

"卡斯珀！"布兰卡尖叫道。她跳下了海盗船，奔向了卡斯珀家对面的铁丝网围栏。他刚出来，走到了前门的走廊。踢球的孩子们中间响起了一阵窃窃私语。

"我从来没见过布兰卡跑这么快。我都不确定有没有见过她跑！"

"所以他**确实**被停学了！"

"会停学多久呢，你觉得？"

"我不敢相信卡斯珀回家了，现在还没放学呢！"

"他一定会想念语法测验的。"

"有测验？"

"你白痴吗？布拉班特先生这一整周都在提醒我们这个！"

"真希望是我而不是卡斯珀回家了。"

"哇哦，就一下，他就把自己的完美纪录给毁了。"

"他妈妈肯定会很生气的。"

"我敢打赌，他爸爸回家后肯定会揍他的。"

"真不知道他爸会不会像伊恩老爸那样用皮带。"

"伊恩的爸爸会用皮带揍他？"

"我是这么听说的。"

"哦，天哪，你看他们在干吗？"

"她握着什么？"

"他的鸡鸡？"

"很有意思。哇哦——她撒手了。"

学生们边聊天边看着布兰卡和卡斯珀。她刚示意他从门廊里走出来，穿过马路来找她。两人正透过铁丝网围栏接吻。

"幸亏他俩中间还有围栏，要不然他们肯定整个都搂抱在一起了，"詹妮弗对坐在板凳上的迪伊嘟囔道，"卡斯珀肯定吓坏了，否则他不会让她像这样当着大家的面亲他的。她真是太爱表现了。"

迪伊傻笑着，因为她知道詹妮弗期待她这么做。不过她还是忍不住去看了。看着另外两个孩子如此真实而热情的表现，她很

142

难过。因为她和奥赛两人似乎已经越过这一段了，这一切太令人措手不及了。

她想过去和咪咪坐在一起，她现在一个人坐在长椅一头，闭着眼睛向后靠着。她的朋友对她的态度很奇怪：不是刻薄，也不是生气，而是疏远。迪伊问她发生什么事了的时候，她说她的头痛快过去了。迪伊感觉那并不像是全部的真相。

迪伊四下看去。除了咪咪，其他六年级学生——奥赛、詹妮弗、罗德、邓肯、帕蒂——都还在看着布兰卡和卡斯珀。只有伊恩没有，他在看着奥赛，而且嘴上挂着微笑。

为什么一切都不太对劲？她想，今天上午还很开心，可是现在……

至少，在跳绳的四年级女生们毫不知情。迪伊能听到她们在她背后，唱着她最爱的歌曲之一：

泰迪熊，泰迪熊
请你转个身，
泰迪熊，泰迪熊
请你摸下地，
泰迪熊，泰迪熊
请你秀出鞋，
泰迪熊，泰迪熊
这样就行啦！

泰迪熊，泰迪熊

请你走上楼，

泰迪熊，泰迪熊

请你来祷告，

泰迪熊，泰迪熊

请你关上灯，

泰迪熊，泰迪熊

请你说晚安！

歌词一刻不停地重复着，迪伊不得不忍住去扇她们耳光、让她们安静下来的冲动。她摇了摇头，对自己感到大吃一惊。无论在操场上传播开的是怎样的毒药，它对自己也已经产生效果了。

*

奥赛从来不会把自己称作一个愤怒的人。在他去过的学校里，他见到过很多愤怒的学生：对老师的不公平对待感到愤怒，对家长们的拒绝感到愤怒，对朋友的不忠感到愤怒。有些甚至对诸如越战、尼克松和他的水门密友[1]等全球事件表达了愤怒。而他的姐姐茜茜，当然了，现在也经常愤怒。在过去一年里，她抱怨过白鬼，抱怨过政客，抱怨过美国黑人镇压非洲人以及非洲人太依赖西方援助。她甚至抱怨过马丁·路德·金太被动。有时候，他们的父亲会和她辩论，责令她永远都不能说对马丁·路德·金如此不敬的话。不过，她的愤怒太令人厌烦了，他们的父母往往只是

---

[1] 水门事件，指 20 世纪 70 年代发生在美国的一场窃听丑闻。

交换个眼神而已，有一次，奥赛惊讶地发现母亲翻了白眼——他以为这是只有小女孩才会做的动作。"很正直。"母亲这样评价茜茜的脾气，而这并不是赞美的意思。

不过奥赛觉得，自己对于愤怒是比较迟钝的。正如父亲喜欢提醒他的那样，愤怒是一个轻易的选择。相比之下，收着自己的性子，并且用考量过的言语和行动来解决问题，可要难得多了。那正是一个外交官被训练着去做的事情，也是他的父亲希望奥赛长大后会去做的工作——外交官，或者当一名工程师。不足为奇的是，他从来没想过把茜茜培养成一名外交官。

所以，当奥赛发现自己体内的怒气像稳步上涨的河水一般涌出时，他很惊讶。一开始，这还很难被察觉，突然之间，水流就已经到了它本不该出现的位置——田野里、道路上、房子里、校园里、操场上。它已经在那儿了，你没法把它弄走，或者让它转变方向。

这是从迪伊喂卡斯珀吃草莓时开始的，在她向自己为卡斯珀辩护时，愤怒的水位已缓缓升起。但那个让河水突然暴发冲破堤岸的引爆点则是在他看见布兰卡手中的草莓笔袋的那一瞬间。奥赛愤怒的一部分原因是不协调——一个陌生白人竟然拿着在奥赛看来和他姐姐有着紧密联系的物品，况且，那还是在她姐姐更年少、更快乐、更善于交流、更像一个姐姐的时候。现在它在操场上被传来传去，它的独特历史完全没被关注到，仿佛它曾经属于茜茜这一点完全不重要似的——仿佛茜茜不重要似的，而实际上，她对奥赛来说比任何人都要重要。比迪伊都要重要，他意识到。迪伊还没有争取到她在自己心中的位置。现在他已经不确定她是否会有那么一天能做到了。

因为她对他撒谎了。迪伊跟他说，笔袋落在家里了，而它很明显没有被落在家里。她把它送人了，或是扔掉了，然后它莫名其妙地落在了布兰卡——卡斯珀的女朋友手里。果不其然，卡斯珀和这件事以某种方式联系起来了。奥赛不知道具体是怎么联系起来的，但是他感觉到了，而伊恩则确认了这一点。迪伊的谎言、卡斯珀的参与，都逼迫着他，让他脑袋里的一股压力越来越大，势必要爆发。

在一垒的时候，他看着布兰卡坐在海盗船上，膝盖上放着草莓笔袋。她正用手指来回抚摩着草莓，就像每个其他女生会做的那样。然后她跑向了卡斯珀，他不得不看着两人公然秀恩爱，热烈地靠在围栏上亲吻，以及他们亲吻时她的手里握着笔袋，直到后来，她把它弄掉了。这正好让他的内心的愤怒涌到了表面。只要有一个人就能将它释放。

那个人就是迪伊。课间休息结束的铃声响起的时候，布兰卡和卡斯珀还在热吻，笔袋还被丢弃在地上，而迪伊向他跑了过来。

"奥赛，怎么——"但是她没有机会说完。他不想跟她当面对质，让她当着他的面，跟他说话，说更多的谎话，一面把他当作男朋友，一面又把他当作白人操场上的黑人男孩。像一只黑绵羊，在名字旁边刻着一个黑色的标记。被排挤，被勒索，被加入黑名单，被诬蔑黑心肠。[1] 这真是黑暗的一天。

---

[1] "被排挤，被勒索，被加入黑名单，被诬蔑黑心肠"分别对应以"black"，即"黑色"开头的单词：blackballed, blackmailed, blacklisted, blackhearted.

守着他愤怒的水坝倒塌了。"别来烦我！"他喊道，用力地把她推开——他是如此用力，以至于迪伊双手摇摆着，像一个卡通角色在空气中一个劲儿乱抓，最后，迪伊向后摔倒在地上。她的脑袋撞在沥青地面上发出的可怕声音终于让大家把注意力从布兰卡‑卡斯珀表演秀转移到了这出新的戏剧上。

"迪伊！"咪咪一边尖叫道，一边跑过来跪在朋友身边，迪伊闭着眼睛平躺着，"迪伊，你还好吗？"咪咪把她的头发从脸上拂去的时候，她的眼睑动了一下，然后睁开了眼睛。

奥赛在她们之间徘徊，他突然感到很羞愧、很难受、很无助。

迪伊看了看四周，始终很困惑，直到她的眼睛对上奥赛的眼睛，她才退缩了一下说道："我没事。"

咪咪抬头看着奥赛。"你**怎么回事**？"她生气地对奥赛说道，"你疯了吗？为什么要这么做？"

奥赛浑身颤抖，充满了对自己的厌恶。但是他的愤怒并没有得到平息。它堵住了他的嘴巴，也绑住了他的脚，所以，他只是安静地站着，双手放在身侧。

他听到了身后的脚步声，他知道，肯定是老师来了。他闭上了眼睛，只有那么一会儿，不过他知道，这给不了他自己想要的，也就是让灵魂远离这片操场，远离这些白人，尤其是这些成年白人。他们现在会围上来——斥责他，把他送到校长室，让他停学，喊他的家长来。他想到了母亲听到他做了什么事时脸上的表情，不禁感到一阵难受。

"这里发生什么事了？"洛德小姐跪在迪伊另一边说，"你受伤了吗，迪伊？"

"奥赛推了迪伊！"罗德站在聚集起来的学生里，愤愤不平地喊道，"他把她撞倒了，这个黑浑蛋！"

"注意用词，罗德。"洛德小姐警告道。

"但是他就是这么做了！"

"够了。他的肤色和这件事没关系。迪伊，你能坐起来吗？"她和咪咪帮着迪伊坐起身来。她看起来还是有点头晕。

"好了，现在告诉我，哪里疼？"

迪伊把手放在她的头后面说："这里。"

"觉得头晕吗？"

"有一点点。"她没有看奥赛。

布拉班特先生也来了。"各位同学，去你们班上的队伍里，"他命令道，他的权威显而易见，围观的咒语被破除，大家都开始行动了。"不包括你，"奥赛跟着其他人走向校门口的时候，他加了一句，"你做了什么，奥赛？"

奥赛一言不发。

"他什么也没做，"迪伊回答道，"我……我撞到了他然后摔倒了，就是这样而已。"

咪咪开口说："迪伊，那不是……"

"这并不是奥赛的错。他还试着想抓住我。"

布拉班特先生挑了挑眉毛："是吗？"

"是的。我很笨拙。您知道我有多笨手笨脚的。"

"如果你是被绊倒的，你应该往前摔，而不是向后摔，不是吗？你在课堂上学了足够多的动量知识了。"

"我摔倒了，"迪伊一边坚持道，一边挣扎着站了起来，"我没事，真的。"她还是没有看奥赛。

布拉班特先生和洛德小姐看了对方一眼。"好吧，"布拉班特先生说，"去医务室，让校医好好给你检查一遍，然后为你脑袋上的包准备一个冰袋。你跟她一起去，咪咪，照顾好她。还有，弄一下她的头发，否则她母亲会抱怨个不停的。"

奥赛低头盯着地面，没有让自己看着两个女生离去。他不敢抬头看。迪伊为自己掩饰并没有让事情变好一些，反而更糟糕了。他的愤怒并没有退去，而是凝固成身体里的一个肿块。这倒算不上是对她的愤怒，而是对自己的愤怒。他推了一个女生。他不该这样做。他的母亲会很恐慌的，她甚至不会尖叫或是哀号，她会讨厌他的。即便是对白人义愤填膺的茜茜都无法宽恕奥赛的所作所为。

他低头站着，等着两个老师的批评，他能够感觉到他们的眼睛盯着他。

"我以前就见过你这种类型的学生。你打算当这所学校的问题学生是吧，小子？"布拉班特先生低声说道。

"不是的，先生。"他脱口而出，就像条件反射一样。

"因为我们不会对这种行为心慈手软的。"

"是的，肯定不会，先生。"

"你很走运，有个喜欢你喜欢到愿意为你撒谎的女生。天知道她到底为什么会这么做。"

奥赛研究着沥青地面——很多膝盖摔伤的地方。他很奇怪为什么操场上不覆盖一些更具保护性的草皮。

"我对一个黑——"他看了洛德小姐一眼说，"对你没有太多期待。而且，我今天也不觉得惊讶。不过如果真发生什么事了，而你就在周围的任何地方的话，校长会把你开除的，无论哪个漂亮女生如何为你说话。你听到我说的了吗？"

奥赛一直咬着牙，直到他觉得它们要裂开才松口。过了一会儿，他点了点头。

"好了。"布拉班特先生提高了嗓门儿，"你们都站在这里干什么？为什么还没排到队伍里去？我数到十，你们最好都赶到那里，否则就要有人被留校察看了！"

两个老师夹在操场上匆匆行走的学生中间，不紧不慢地走着。奥赛慢慢地跟在后面，他不能忍受跑在他们前面去排队的侮辱，即使这意味着被留校察看。

"理查德，我……"洛德小姐犹豫着说道。

"干吗？"布拉班特先生吼道，仿佛是在和一个学生说话，"抱歉，戴安。怎么了？"

"好吧——我不知道，我们是不是对他太凶了点？"

"对他太凶？他刚把一个女孩子撞倒了！"

"是的，但是……这对他来说肯定不容易的，在学校里孤零零的一个人。"

"生活对每个人都不容易。要说真的有什么的话，他过得太容易了。多亏了咱们的"平权法案"[1]，他长大后能轻易得到一份好工作，一份本应该让更有资格的人来做的工作。"

---

[1] 平权法案又称"积极平权措施"，旨在终止种族歧视，更正其之前造成的后果，并为少数族裔提供一个更公平、更开放的社会环境。

"那是发生在——当我没说。"洛德小姐叹了口气,"天啊,今天是怎么了?先是卡斯珀,现在又是这样。他们在午饭里放了什么吗?"

"你知道为什么,"布拉班特先生阴沉着脸应道,"这所学校还没有准备好接收一个黑人男孩。"

"也许是吧。"

"而且今天还没结束呢。你知道,俗话说得好,'祸不单行'。"

*

咪咪的头痛已经慢慢缓解了,那些光影都消失了,一切都开始恢复到了原先的对焦,变得清晰起来。之前的感觉就好像是在透过一个望远镜看东西,不断地调整着旋钮,直到它们卡扣到位,她才能看清楚此前一直模糊的事到底是什么。

也许这一切都归功于伊恩让她回归单身,不再来骚扰她。自星期一早上在旗杆边上,她答应做他的女朋友以来,她就觉得来自他的关注时刻压迫着她,就像一床厚被子把她钉在了床上。即使伊恩不在她的眼前,他也能鬼使神差地让她感觉到自己的存在——要么是他的朋友罗德,为了帮他盯着咪咪而持续不断地关照着她,要么就是操场上的运转机制:孩子们或是跟着他,或是害怕他,或是无视他,各司其职,就像一台以伊恩为中心的机器。咪咪曾短暂地被他拉进这个中心,而这个地方太怪异了,她无法在这里运转——无论是作为学生、作为女朋友,或是作为一个朋友。用草莓笔袋向他买回自己的自由是值得的,因为在踢球游戏时,她觉得自己现在已经不重要了。伊恩的注意力已经转移到别人身上了，咪咪可以再次呼吸了，她可以闭上眼睛，找回属于自己的、没人监视的领地。

但她觉得很内疚：她本能地意识到，伊恩拿着这个笔袋——还有奥赛的地址和电话号码——不会做出什么好事。她后悔没有想到在把笔袋交给他之前先把字条拿走。她最后悔的是背叛了迪伊，因为自己把她的一件宝贵东西交给了别人。这是背叛。

她叹了口气。**至少现在我能帮上迪伊了——那也是做了点什么**，她心里一边想着，一边用手搀着她的朋友，陪她上楼去看校护。

蒙塔诺小姐的办公室在二楼，这是一个小小的房间，有一个洗手间，还有一个永远调到 WPGC 频道（本地电台热榜前 40 名）的半导体收音机。他们以前都因为割伤、肚子痛，或者发烧而去过那儿让蒙塔诺小姐看病。因为头痛，咪咪经常来这里。门半开着，在广播里《乐团上路》[1] 的音乐下，咪咪能听到呜咽声和护士"不要再像个小孩子一样了"的训诫声。

她和迪伊在走廊上的一排椅子上坐下等着。她们对面的墙上贴着海报：有提醒大家如厕后要洗手的，也有解释如何对付头虱的，还有介绍水痘、腮腺炎和麻疹的症状的，以及通知肺结核检查、眼睛检查、接种天花和小儿麻痹症疫苗的。光是坐在这些成年人该面对的信息的对面就已经让她精疲力竭了。他们总是很擅长把世界变成一个可怕的地方。有那么一秒钟，她希望她的母亲和她们坐在一起，替她们承担忧虑的重担。

---

[1] 《乐团上路》(Band on the Run)，前披头士成员保罗·麦卡特尼（Paul McCartney）和英国流行摇滚乐团 Wings 一起发行的专辑，内含同名单曲。

办公室里传来了更多的叫喊声。咪咪推测有人擦伤了膝盖，蒙塔诺小姐会用碘酒来处理这种伤口。这有可能是一个年纪小的学生，一个二年级或三年级学生。她已经有无数次坐在那里了，这些声音她都听过了。

迪伊身体后仰，闭着眼睛。咪咪想问她感觉怎么样了。实际上，她想问她很多事情，也有很多事想对她说。但是基于她自己头痛的经验，她知道这时候烦她对她不会有任何帮助。于是她决定还是务实一点。"我准备去接点水。你要来点吗？"

"好的，帮我倒一点吧。"

咪咪从墙上的分配器上取了两个迪克西谜语杯，下楼去走廊的饮水器那儿接水。等她回来的时候，广播里在播放史提利丹乐团[1]的《昏头昏脑的几年》，而迪伊正在哭。咪咪坐下来，把杯子递给迪伊说："喝吧。"

迪伊一口气把水喝完了，然后连杯子上的谜语都没读就把纸杯捏扁了。咪咪喝了一口水，看了一眼杯子上印着的笑话。**当你对一面镜子说笑话的时候，它会怎么样？它会笑裂**。杯子上的这些笑话从来都不好笑。

"好了，"她说，"我要帮你把辫子编起来了。一个辫子还是两个？"

"一个。"

---

[1]　史提利丹乐团（Steely Dan），1972 年成立的美国乐团，主要成员有唐纳德·费根和沃尔特·贝克尔，乐团名称取自美国诗人威廉·巴勒斯（William Burroughs）的诗作《裸体午餐》（*Naked Lunch*）。

"法式？"

"法式。啊不，还是普通的吧。编得简单点。"

"转过身去。"

迪伊转身背对着咪咪，咪咪侧身坐在位子上，从朋友的肩膀上拉过她的头发。她开始梳理迪伊的缕缕长发，同时用手指抚平并捋直。她很少看见迪伊散着头发。再次把它束缚起来，这看起来很让人惋惜。不过，现在这样显然让大人们很困扰。

咪咪把迪伊的头发分成了三股。"现在，告诉我吧，怎么了？"她一边编辫子一边问道。

"噢……"迪伊摇了摇头说，"没什么。"

"不是这样的。外面到底发生什么了？"咪咪此前都闭着眼睛坐在一旁，有意识地让自己远离操场，因此只看到了迪伊摔倒在地的场景，只见她的头猛地撞在地面上。但是，她看见了奥赛脸上扭曲的怒火，她知道迪伊并不是像她说的那样是被绊倒的。

"我不知道他为什么生我的气。"迪伊用一只手擦着眼睛，"我不知道我做了什么。本来一切都很好，然后……突然就不好了。就像一个开关被按到了，比如有人跟他说了一些关于我的什么话。但是能说我什么呢？我什么也没做错！除了……"

"什么？"

迪伊摇了摇头："没什么。"

她看起来不打算细说了，咪咪于是摇了摇头说："男生们都很奇怪。"

"你和伊恩——"

"我们刚分手。"咪咪想起了她和伊恩的交易——草莓笔袋换来两人的分手——内疚让她的肚子一阵痉挛。她应该告诉迪伊。但她有胆量这么做吗？

迪伊转过来看着咪咪。"噢！那真是——"她显然咽下了一句话，但是，她看起来似乎松了口气——这比咪咪原先想的更让她难过。很明显，她对男友的判断被怀疑了，哪怕迪伊在这过去几天里没有提起过这些。

"那很好，"咪咪接了下去，"我知道。我一开始和他在一起的时候也不知道是什么让我着了魔。"

"好吧……"迪伊总算是笑了，"我们都有点奇怪。他和你太不一样了。"

"我想，我是受宠若惊了吧。在此之前，没有男生想和我交往，因为我很奇怪。"

"不，你不奇怪！"

"不是的，我很奇怪。你知道我很奇怪的。我一直都在边缘地带。我什么都不是很擅长，不能考出好成绩，不能跑得很快，不会画画，不会写作，也不会唱歌。我总是动不动就有这种该死的头痛。大家都觉得我是个女巫什么的。有时候我都很惊讶我是你最好的朋友。"**尤其是当我把你的东西给了别人，并对你撒谎的时候**，她无声地加上了这句话。

"别傻了，你是我认识的最有趣的人——不过，现在是除了奥赛以外最有趣的人了。"

咪咪感觉到妒忌的尖牙咬噬着自己，她有一种用力猛拉手里的辫子的冲动。但相反，她用辫子卷住自己的手，仅仅是轻轻地拽了一下，她说："好了，你有发圈吗？"

迪伊把手伸到牛仔裤口袋里翻找。"你也很擅长甩双绳。"她说着，递给咪咪一根紫色的橡皮筋。

咪咪不确定迪伊有多么认真，她想这肯定是个玩笑。她大笑起来。"是的，我很擅长这个。"她放下辫子说，"搞定。"

"谢谢。"迪伊把头靠回墙上，随后皱了皱眉并调整了一下姿势，用手抵着脸颊，"好痛。"

"头上那个包？"

"是的。"

"你摔得不轻。你有觉得头晕或者恶心吗？"

"没有。"

"很好。那应该说明你没有脑震荡。校护担心的就是这个。"

两人又沉默了。现在该是咪咪向自己的朋友坦承关于笔袋的事情了。她吞了下口水，张开了嘴巴——但什么也没说出口。要承认自己的不良行为太难了。而且，迪伊现在把头发梳回了辫子的样子，看起来更冷静，更像她自己了。咪咪很舍不得让她不高兴。

另一首歌开始播放了，这个瞬间就这样过去了。咪咪和迪伊坐了起来。

我听说他有一副好歌喉
我听说他有自己的风格
所以我来看看他
听他唱上一会儿歌

即使是细弱无力的广播声都掩盖不住罗贝塔·弗莱克[1]魅力四射的嗓音。自这首歌几年前推出以来，女生们就为它疯狂。一个嗓音洪亮的五年级女生今年凭借这首歌赢得了学校的才艺表演秀。不过，咪咪曾偷听到布拉班特先生对洛德小姐嘀咕说，这首歌让一个十岁小孩来唱是完全不合适的。迪伊开始跟着音乐一起哼。

他用手指漫不经心地拨弄着我的苦
用他的话语唱出我的一生
用他的歌声温柔地杀死我……

她突然停了下来："噢，咪咪，我不知道该怎么办。"

"你喜欢奥赛吗？"

"是的，很喜欢。和他在一起的感觉太棒了。他和这里的每一个人都太不一样了。"

咪咪保持着沉默，试着不把迪伊刚刚的那句话当作批评。

"他去过那么多地方，聊起天来滔滔不绝。他让别人都显得无趣。包括我也是，住在这个无聊的郊区。这让我想做些更冒险的事情，比如更频繁地去市中心逛逛。你上次去华盛顿是什么时候来着？"

"复活节的时候——我们家带着堂兄弟姐妹去华盛顿纪念碑。"

"我这个周末要邀请奥赛和我一起坐公交车——我们可能会去

---

[1] 罗贝塔·弗莱克（Roberta Flack, 1937— ），美国黑人女歌手，文中提到的是弗莱克的大热曲目——《用他的歌声温柔地杀死我》（*Killing Me Softly with His Song*）。

乔治城[1]。"

"你妈妈怎么办？"

"她怎么了？"迪伊脸上又渐渐浮现了她早前对布拉班特先生露出过的抗拒的神情。

"算了，如果需要的话，你可以说你跟我在一起。"

"如果他还生我的气的话，我就不需要了。我觉得我们要么和好，要么就得分手了。"

"他刚才推你了吗？"

迪伊没有回答。

"因为如果他推了你的话，那很糟糕，不是吗？"

"这是个意外。他不是有意要伤害我的，我敢肯定。"

"你确定？"

"我更担心他在那之前对我的表现，在踢球时的表现，甚至是在那以前的表现。为什么他变得这么快？为什么他看起来好像还很关心我，然后突然就变得愤怒而疏远？"

咪咪耸了耸肩："我不明白男生们的想法。他们也不理解我们。"

"噢！"她们听到里面传来的声音，然后是"吉米，就快好了。坐好了别动"。

他唱歌，就好像他认识我似的

在我各种黑暗的绝望中

然后他一下子看透了我

---

[1] 美国首都华盛顿哥伦比亚特区的一个社区。

仿佛我不在那儿似的

迪伊又在哭了。咪咪知道，最好还是让她一个人静一下。

也许，她应该把草莓笔袋从伊恩手里拿回来，在他用它搞出什么状况之前——把它卖掉或者在策划别的什么。她要硬着头皮去问他。

办公室里传来一阵拖脚走路的声音，在门完全打开之前，迪伊及时地擦了擦眼睛。一个小男孩瘸着腿跳了出来，他的膝盖和手肘上贴着膏药。蒙塔诺小姐跟在后面，她穿着一件白大褂，脸上是亘古不变的镇定表情。

"回到班上去吧，吉米，"她说道，"下次走路小心点。说真的——男孩子啊。"她低声说道，然后转身对着咪咪和迪伊说，"好了，姑娘们。又头痛了吗，咪咪？"

"不，蒙塔诺小姐，我只是陪迪伊来的。洛德小姐让我陪她来的。她头上摔了个包。"

"是吗？迪伊，进来，我给你检查一下。"她对咪咪点点头，"你可以回班里去了。如果没什么问题的话，迪伊可以自己回去。如果她伤到了，我会送她回家。"蒙塔诺小姐的轻松令人感到安心，因为这个责任已经巧妙地从咪咪身上解除了。让大人们来处理吧。

她捏了捏迪伊的手说："一会儿见。"

迪伊点了点头，站起来跟着护士走了进去。"谢谢你，咪咪。"

"没事儿。"

她们进去之后，咪咪还是坐在原来的位置上，一边等着罗贝塔唱完她的痛苦之歌，一边想着下一首会是什么歌，会不会蕴藏着什么征兆。她没有和迪伊或是其他人说，不过她困惑的时候，有时候会在事物里寻找征兆。她的脑袋现在正嗡嗡作响；她需要给它喂些知识，以便能理解今天所发生的一切。

当约翰博士[1]开始唱关于"在错误的时间出现在了正确的地点"的歌时，咪咪点了点头。在她看来这个征兆是有意义的：这一整天都感觉像是错误的时间。她已经等不及想让它快点结束了。

---

[1] 约翰博士（Dr. John），原名 Malcolm John Rebennack，美国歌手、歌曲作家、演员、钢琴家和吉他演奏者。

第五部分
放学后

—

我妈妈告诉我

如果我乖了

她就会给我买

一个橡胶小玩偶

我姐姐告诉她

我亲了一个士兵呀

现在她不会给我买

这个橡胶小玩偶

现在我已死

我在坟墓里

在我身边的是

一个橡胶小玩偶

　　放学铃声响起的时候，迪伊总算松了口气。她觉得自己等待这一刻仿佛已经好几个小时了。她从校护那儿回来时已经错过了语法测验，她坐下时奥赛没有微笑，而在下午剩余的时间里，他一直无视她。在下午的美术课上，每个小组分发了美工纸、杂志、棉纸、闪光粉、烟斗通条等材料，同学们要用这些材料来制作母亲节贺卡。迪伊和奥赛并排坐着，迪伊一边做着卡片，一边都能感觉到他的冷淡。当一个人就坐在你身边，却又彻底排斥你的时候，这种感觉特别令人痛苦。

　　美术课一直是迪伊期待的一门课，布拉班特先生离开了，由兰多夫夫人来接管一切，一切都变得柔和而灵活了。你可以一边忙着做手工，一边和你的朋友聊天。兰多夫夫人鼓励大家这样做。"当我们感到轻松自在的时候，我们才能创作出最好的作品。"她会一边这样说，一边挥挥手，手腕上无数串复古手镯叮当作响。她的嘴唇上总是涂着亮红色的口红，一部分膏体渗进她细密的唇纹中。"光明，以及热情。这就是我们所寻找的。像法国

人那样 [1]。"兰多夫夫人去过巴黎好几次，她喜欢在鼓舞同学的发言里夹杂几句法语来提醒大家这一点。

她希望他们为各自的母亲制作不同寻常的卡片，不是画几朵花，然后在卡片里面印上"母亲节快乐，妈妈"。"看看所有这些你们可以用来制作卡片的材料，"她说，"感受它们。"她把棉纸抛到空中，快速翻了翻杂志，又摇了摇几瓶银粉，"让它们激发你的灵感。想想你们的母亲和她们为你们所做的一切，"看着学生们一脸困惑，她又补充道，"她们有多么爱你们，为你们的幸福牺牲了多少。在这张纸上向她表达你对她的爱吧。"她拿着分发下去的其中一张白色卡片说道，"表达你们心中所想，让你们的母亲感到骄傲吧。啊，对母亲的爱是美好的！[2]"

迪伊紧张地咯咯笑着，侧过头看着奥赛。他没有抬头看。他一脸严肃，眼睛牢牢地盯着他的卡片。迪伊咬着嘴唇看向对面的帕蒂，后者同情地朝她努了一下嘴。"你的头怎么样了？"她直率地问道，又朝奥赛皱了皱眉，仿佛是在提醒迪伊，她应该生他的气。

在她旁边的奥赛退缩了。

这个提醒很及时。她应该生气——她有权这么做。他刚刚推了她，不公正地伤害了她。他本该不停地道歉。她本应该盯着他看，坚持要求换座位，这样她就不用和他坐在一起——可能搬到隔壁小组卡斯珀的空座位上。其他女孩子会这么做的。要是布兰卡的话，她一定会借题发挥，并享受着她借此制造出来的混乱

---

[1]　原文为法语。

[2]　同上。

场面。

然而，迪伊没有感到生气，而是内疚——好像是她应该向他道歉，而不是反过来。她觉得，他有权生她的气，有权喊出来，有权把她推开。他是个黑人，一整天，他们都那样对待他，用对待其他新生不一样的方式来对待他。迪伊知道，自己觉得他有趣是因为他是黑人，而这并不一定是个好原因——因为别人的肤色而喜欢一个人。她看着他的手，是父亲早上喝的咖啡的棕色，他的双手正用剪刀在红色美工纸上剪出一个看起来不对称的心形。他的指甲修长方正，透着粉。

"迪伊？"

帕蒂正盯着她看，迪伊惊跳了一下："我没事。我的头还好。"她快速地捡起了一个蓝色的烟斗通条，却不知道该拿它怎么办。

"这位是咱们的谁呀？"兰多夫夫人来到了他们的课桌前，"你一定是新来的吧。我敢肯定，否则我肯定会记得你的！"她低头对奥赛微笑道，巨大的门牙上沾了一些口红。

奥赛停了下来，但是没有抬头看："是的，夫人。"

兰多夫夫人笑道："噢，没必要跟我那么正式！你叫什么名字？"

"奥赛。"

"多有趣的名字啊！好吧，奥赛，你可以喊我凯。"兰多夫夫人总是试图让学生们直呼她的名字，但从来没人这么做，"这儿没有等级之分。在艺术里，永远都没有阶级，只有表达。而今天我们正是在表达对我们的母亲的爱和敬意。你要怎么做送给她的卡片呢？"

迪伊想告诉他不要担心，想告诉他兰多夫夫人会在某个时间点上对每一个人施以这样令人尴尬的关注。你只需要咬牙忍着，然后，只要她走过去了，你就可以坐好在她背后笑话她了。不过，当然了，迪伊不能说这件事，显然不能在他明显地屏蔽她的时候说。

他抬头看着兰多夫夫人说："我在为她剪草莓。那是她最爱的水果。"

迪伊的胃凝固了。兰多夫夫人拍了拍手。"**令人赞叹**！你为母亲选择了一个具体的事物——太棒了！那么，不要被这里的材料所限制。如果你不想的话，你甚至都不一定要用剪刀。如果你想，可以从纸片里撕出几颗草莓来！你想撕吗？"比起杂乱无章，平整的线条似乎让兰多夫夫人更头疼。

奥赛低头看了一下，又开始继续剪纸："我用剪刀吧。"

"当然，当然！"兰多夫夫人紧张地尖声说道，"**非常棒**！那么，迪伊，你在干吗呢？你会怎样为你的母亲庆祝呢？"

"我……我……"迪伊摆弄着手里拿着的烟斗通条，在它上面扭了一圈，让它变成了一个毛茸茸的圆环。她完全不知道该给她的母亲做什么。贝内代蒂夫人不是那种你会为之"庆祝"的母亲。

"蓝莓！"兰多夫夫人喊道，"那是**你妈妈**最爱的水果吗？也许你们这桌会成为水果桌。奥赛，你正掀起一股潮流呢！"她充满期待地注视着邓肯和帕蒂的卡片，希望能看到香蕉或者橘子。不过，邓肯头枕在手臂上睡着了。尽管布拉班特先生永远不会允许邓肯在课堂上睡觉，但兰多夫夫人却仁慈多了。帕蒂煞费苦心地在做一朵棉纸花，一年前，女孩子们在另一个更传统的美术老师那儿学会了这个。有那么一瞬间，兰多夫夫人看起来是想把那朵花从帕蒂手上扯过来,然后撕个粉碎。不过,她没有那么做,而是灿烂地笑了一下,并转身去了另一个小组。"我们会在这儿发现什么呢?妈妈们最爱的蔬菜?"她毫不压抑自己那夸张的笑声,迪伊不禁畏缩了一下。

如果邓肯现在醒了,如果现在是一天刚开始的时候,是她和奥赛还快乐地在一起的时候,他们四个——甚至是拘谨的帕蒂——本可以一起嘲笑兰多夫夫人——他们对她嗓音的模仿和对她说的话的背诵可以持续好几天,成为他们圈子里的玩笑话。然而,他们什么也没说,只是艰难地做着卡片。而在他们周围,迪伊能够听到她的同学们正无忧无虑地笑闹着。

帕蒂申请去洗手间,但是,她回来的时候没有直接回到自己的座位,而是在教室一边的朋友那儿闲晃,比较着彼此制作的花朵,回避着她自己那死气沉沉的小组。迪伊想要她回来加入他们,或是把邓肯踢醒,只是为了能在她和奥赛之间有其他同学作为缓冲。但是,两人不得不呆板地坐着,假装另一方不在现场。

透过眼角的余光,她看见他的贺卡已经成形——三颗草莓粘在正面,而白色卡片被涂成了和铅笔袋一样的粉红色。卡片里面,他用看起来十分欧式的字体——在字母 H、P、Y 上画了长长的圈,写了非常正式的话:"亲爱的妈妈,希望您度过一个非常快乐的母亲节,您的儿子,奥赛。"

那是他生气的原因吗——笔袋的事情?迪伊不知道它去哪儿了。她刚才从护士那儿回来的时候,悄悄地检查了书桌里面,希望它能莫名地再次出现,然而它并不在那儿。尽管奥赛并没有转过头,她能感觉到他知道自己在找什么。她是把它落在哪儿了吗？她本该去失物招领处看一下的。

放学前十分钟，兰多夫夫人拍了拍手，让学生们把做好的卡片放在书桌上，并让大家走过去看看其他同学的卡片，然后让大家开始整理。迪伊跳了起来，松了口气，对她而言，最后这半小时就像是为自己所犯下的却并不知情的错误而接受惩罚。而且，她最终做了一张愚蠢的、正面有着蓝莓的卡片，她妈妈甚至都不吃蓝莓。她看上去似乎抄袭了奥赛的卡片。

他看起来似乎也急于离开他们小组。当她在四周欣赏着棉纸做的花、画出来的花，以及几个水果（但没有蔬菜）的时候，迪伊发现自己极度敏感地知道他和自己所处的位置。没多久，他似乎彻底消失了，直到最终她发现他在阅读角，坐在一把豆袋椅上，翻阅着一本别人留在那儿的《疯狂杂志》[1]。

"奥赛，我们现在要清理一下，在下课铃响之前搞定。"

他只是点了点头，然后没精打采地起身朝课桌走去。迪伊回想起上午他是怎样自信满满地行走在操场上的。那股自信去哪儿了？

他们一起把废纸、蜡笔、几瓶埃尔默胶水和烟斗通条扔到纸板盒里的时候，奥赛压低了嗓门儿说："放学后在操场上碰头。"

迪伊可怜兮兮地点点头。她妈妈等着她回家，但是她会跟她说自己留下来跳绳了。

下课铃声响起的时候，她嘀咕道："我一会儿就到。"然后，她就匆匆离开教室，去了大堂的失物招领处，其实就是校长办公

[1]《疯狂杂志》(*Mad*)，1952 年起在美国开始发行的幽默杂志。

室门外的一个盒子。

失物招领的箱子里，有着一坨蓝蓝的东西、一件蓝色羊毛衫和几只单只的蓝色运动鞋，迪伊跪下来，开始在这堆东西里面翻找笔袋。这时候，她听到了杜克夫人在打电话："不，他并不是真的做错了什么事。不是什么需要惩罚的事情。但是，他被卷入了和一个女生相关的事件中——不，不是那种事，她摔倒了，撞到了头。"沉默，"我只是想让您知道这件事。"沉默，"我理解。当然，适应一所新学校是需要一些时间的，特别是在您的孩子所处的……这种环境里。他可能还不习惯于我们所期待的行为方式。"沉默，"不，我不是在暗示——"沉默，"当然。我不是在暗示您没有做好您该做的。我们给他点时间适应，好吗？我们会密切关照他的。"沉默，"没有这个必要。过几周吧，科科特女士，我们到时候再联系，好吗？恐怕现在放学铃声响了，而且，我要开个职工会议。下回再聊。"她挂上电话的时候嘀咕道，"上帝，给我力量吧！"

隔壁办公室的校长秘书笑道："她让你很为难，对吧？"

"我更愿意把它称为傲慢。感谢上帝，我们只需要留他一个月。让下一所学校来对付他吧。"

"你认为他推了迪伊·贝内代蒂？"

迪伊僵住了。如果她动一下，秘书就会看见她。

"我知道他那样做了。好几个孩子告诉我，他们看见他那样做了。但是，迪伊不会说他那样做了，这就让所有指控都显得很尴尬了。"

"怎么，他把她迷得晕头转向了，对吧？让她尝到了巧克力牛奶的滋味？"

杜克女士嘟囔了一声："可以这么说吧。"

"不会持续多久的。这些小孩子上午休息时刚在一起，午饭时候就会分手。只是青春年少罢了。"

"我也不知道。戴安跟我说，迪伊把辫子解开让他摸她的头发。她的母亲不会高兴的。我真不敢给她打电话。你知道贝内代蒂夫人是怎样的人。"

"哦，是的。"秘书又笑了，"不过，迪伊实际上并没有破坏任何校规，对吗？所以你不必给她母亲打电话。"

"我必须给她打，跟她说一下迪伊头上的包。但是，我只需要跟她说迪伊绊倒了，不必提到那个男孩，谢天谢地。算了。我估计我总会抓住他的，无论有没有迪伊。"

然后，秘书抬头看见迪伊趴在失物招领盒上面："迪伊，你在这儿干吗？"

"没什么！只是找点东西。它不在这里。"迪伊站起来的时候，听见了椅子的摩擦声，然后是脚步声，然后杜克夫人出现在了门口——不过在她出现之前，她的香水味先飘了过来。她看起来惊讶不已。

"迪伊，你刚才一直在偷听吗？"

"不，杜克夫人。我在失物招领处找个东西。"

"你在找什么？"

"一个……一个笔袋。"迪伊发现自己根本不可能直视她的眼睛，于是，她就把视线集中在杜克夫人的珍珠项链上。杜克夫人有时会用一个蜘蛛胸针替代它，或者，在冬天的时候，她会戴一枚装饰着水晶的雪花胸针。

迪伊和她的朋友称她为"蜘蛛女""雪花女"或者"珍珠女"，这得取决于她戴哪个配饰。

"它长什么样？"

"粉红色的，上面有草莓。不过它不在这儿。它……找不到了。"

"好的。那么，你走吧。"

迪伊匆匆离开了，但杜克夫人又把她喊住了："等一下。"

像成年人在和孩子说话时常做的那样，校长双手抱胸说道："你的头怎么样了？"

"还好。"

"我很担心你，迪伊。我担心下午发生的事情你没有说出全部的实情。"

迪伊略感不快地答道："**我确实**说了真相。我绊到了，摔倒了。"

"你确定吗？"

"是的。"

杜克夫人盯着她看了很久，这段时间里迪伊紧闭着嘴，伸出了她的下巴。最终，校长转过了身。"好吧，我就这么跟你妈妈说，"她侧过头说，"我现在就给她打电话。你回家吧。"

当她走在过道上的时候，迪伊想到如果她母亲知道今天实际上发生的事情会说什么，不禁不寒而栗。奥赛已经等在攀爬架边上了。她深吸一口气，走了出去。

*

除了下雨天，伊恩从来不会一放学就回家。家里什么都不能做。他的哥哥们要晚一点才能回来，况且，他们也没兴趣和他一起玩。当他去周边打篮球、扔垒球或者踢易拉罐的时候，他会注意到，他来了之后，其他孩子会找借口离开，声称他们要做家庭作业或是妈妈需要他们去趟商店。有一次，伊恩骑着自行车转悠，发现十分钟前刚离开本地的一个公园的那群男生在另一个空场里继续玩垒球——没有跟他一起。那一次，他藏了起来，羞于让他们发现自己。但是，他把他们每一个人的名字都记在了脑海里，在此后的几周里，他系统地检索并惩罚了他们，不是用他惯常的霸凌手法——压榨他们的钱、伤害他们的身体，或是让他们知道自己的出现。他选择了更隐秘而刻薄的做法——割他们的自行车轮胎，在人群中摸一下他们中某人的妹妹，课间休息时在别人课桌里倒颜料。

放学后，伊恩更偏爱待在操场上。尽管很多学生都离开学校回家了，操场还会再为那些想留下来玩耍的学生开放一小时，有一个老师监督着。今天是洛德小姐。那很好——她太怕他了，所以不会怎么干扰到他。此时，她正在和另一片操场上的一个低年级学生的家长说话。很快，她就会坐下来读书，时不时抬头看看。

伊恩看见奥赛在攀爬架边上——这是一个由多根金属棍按照合理的角度组成的框架，做成了高达十二英尺的盒子状，可以让人爬上去。周围有几个学生，但是没有一个是在攀爬架那儿。也许他们是在躲开新来的男孩。

伊恩不紧不慢地走了过去。没必要着急，那样会显得不体面。他还在女生一定会跳双绳的区域逗留了一会儿，现在各个年级的学生都在那里。咪咪也在里面，正在给一个四年级学生摇绳子，她一边跳，其他女孩子一边唱道：

我妈妈告诉我，
如果我乖了
她就会给我买
一个橡胶小玩偶

我姐姐告诉她
我亲了一个士兵呀
现在她不会给我买
这个橡胶小玩偶

他没有待多久，更没继续看下去——她还太小了，跳绳的时候胸部还不会抖动。当他离开的时候，她们还在唱着：

现在我已死
而我在坟墓里
在我身边的是
一个橡胶小玩偶

伊恩继续走到一群在玩弹珠的男生那儿，站在边上，让他的影子整个笼罩在人群上。男生们抬起头，懊恼地正准备抱怨，但是，当他们意识到这个影子的主人是谁的时候，就什么也没有说。伊恩又待了一会儿，刚好让进攻者错过那一击，然后才继续往前走。

他还没有走到攀爬架，罗德就追上了他。罗德乌青的眼眶在几个小时的膨胀之后更明显了。罗德真的快把他惹毛了——甚至在今天以前就这样了。他不应该自己去为自己赢得战争，去俘获女孩子的芳心吗？难道他跟着伊恩还不够久，不会自己做这些吗？他当了太久的小弟了，伊恩现在更想自己单干了。

"兄弟，我有点不明白。"罗德又开始了。伊恩自顾自地往前走着，罗德跑到了他前面，站在他面前拦住了他。愤怒的火焰在伊恩心中蹿了起来，不过他忍住了一拳揍在罗德胸口的冲动。罗德不重要，他要把这个动作留给别人。

"你保证我可以和迪伊在一起的，"罗德继续哭哭啼啼地说道，"但是，现在我都不知道谁是我的竞争对手了。是他还是他？"他用其中一条瘦弱的手臂朝攀爬架边上的奥挥了一下，另一只手则朝向卡斯珀，他正潜伏在体育馆的入口处——洛德小姐的视线盲区。伊恩微微一笑：卡斯珀，这个校园金童，学到这些打破规矩的方法也太晚了。他已经被停学了，他现在应该在马路对面，接受他父母的惩罚——禁足，扣零花钱，因为他的父母不太可能用他应得的皮带惩罚他。但恰恰相反，他回到了学校，而且可能正在等布兰卡。他现在品尝了行为不端的滋味，正沉湎其中吧。

"我甚至不明白为什么我要挑起和卡斯珀的那一架，"罗德补充道，"他和布兰卡在一起，谁都看得出来。你看见他们在课间休息时接吻了。为什么你让我去找他麻烦？是他。"他又朝奥挥了挥手，奥这时皱了皱眉，"他和迪伊在一起，而且他伤害了她！我应该和**他打一架**。"他紧握着拳头，以显示出自己的勇敢，但是这并没有掩盖住他打量着对手时内心的恐惧，"不过，我也不知道，我也许会受比跟卡斯珀打架更严重的伤。"

"可能是的，"伊恩表示赞成，"不过别担心，我想这一切很快就会变了。再等一小会儿。把奥留给我。"他再次开始朝攀爬架走去，不过又停了下来，伸出手掌让跟着他的罗德站住，"就我自己。"罗德落在了后面，像一只被抛下的受伤动物。伊恩将会想一个办法把他甩开。明天。今天他有另一个目标。

奥一直在看着他。当伊恩来到攀爬架的时候，他说："**他**想怎么样？"

伊恩坐在其中一根金属棒上，把手放在两侧的金属棒上："罗德吗？没什么，他什么也不是。"

奥看着罗德，此时他正偷偷摸摸地朝海盗船走去。"看起来不像是什么事也没有。他想对我怎么样？"

伊恩让自己陷入盒子状的架子里："罗德喜欢迪伊，所以他嫉妒。眼红的怪兽，我爸是这么说的。而且——"伊恩盘算了一会儿，然后决定试试，"迪伊也喜欢他。"

奥僵住了，双眼发狂："什么？连他也是？！"

伊恩微微一笑。奥已经处于一个会相信任何事的状态了——甚至是相信一个像罗德这样骨瘦如柴的人也能入迪伊的眼。"看起来你是选错人了，我本应该告诉你的。"

奥双手抱胸，把手塞在腋窝里。他看起来正试着控制自己的怒火。"她选了我。"他顿了一下，"她一会儿会在这里见我。我已经准备好要告诉她，没关系，我已经不生气了。但是我不能相信她，对吗？"他看着伊恩，仿佛是想要一个证据的提示。

于是伊恩给了他想要的："笔袋，还记得吗？卡斯珀是怎么得到它的？"

即便是在他说的时候，伊恩也知道，笔袋的效力只能持续到有人提出质疑之前。一旦奥或者迪伊问卡斯珀或者布兰卡这个笔袋是从哪儿来的，伊恩的介入就会被曝光。那就是这个策略的缺陷——他可能会被卷入其中。必须现在就引起伤害——引起足够大的伤害，以至于事后伊恩到底扮演了什么样的角色都显得无足轻重了。

就在这时，布兰卡从楼里跑了出来，来到了体育馆边上的角落，卡斯珀在那里等她。两人拥抱的时候，布兰卡放下了书包。草莓笔袋塞在书包正面的口袋里，刚好可以看见。

"你问起迪伊笔袋的事情时她怎么说的？"

奥的脸沉了下来："她说落在家里了。"

"所以——"伊恩朝布兰卡，还有笔袋，点了点头，"那么为什么迪伊要对你撒谎呢？是因为她觉得跟你撒谎没关系，反正你也不懂？因为你很笨？"

他没有加上"因为你是黑人"，没必要——奥已经自己得出这个结论了。他整个人似乎被抽空了，就像沙滩上的沙堡，向内轰然倒塌。"不要这样说。"

"我只是实话实说。迪伊平时是个好女孩。我只是想试着了解她想要什么，以及为什么。你瞧，她不习惯黑人。所以，也许她只是想和你试试，就像试试一种新的冰激凌口味那样。"

奥闭上了双眼。

够了，伊恩想，**我说得够多了。时间也很完美。**

"迪伊来了，"他说，"不打扰你俩了。"

*

过去，当孩子们说了什么或做了什么——比如把香蕉放在课桌上，发出猴子般的声响，交头接耳地说他闻起来和别人不一样，或是问他的祖父母是不是奴隶时，奥赛都保留了足够的距离，来缓冲这些事情对自己的打击，这样就不会显得那么伤人。他甚至能经常对此一笑而过，晚些时候跟茜茜重复一遍，取笑他们的无知或是在偏见上缺乏创造力。"他们就不能想出一些比猴子更有创意的点子吗？"他会跟他姐姐说，"为什么他们从来没有喊我是黑豹呢？它比猴子还黑呢。"

茜茜那时候会笑着说："因为白鬼们怕黑豹呀。"她举起拳头致敬。

在某些方面，基于无知的公然歧视要更容易对付一些。伤到他的是更微妙的挖苦。在学校里对他友善却从不邀请他去他们的生日派对的同学们——甚至在他们邀请全班其他同学时也是如此。当他走进一个房间时戛然而止的对话，为了他的出现而保留的短暂的沉默。还有他们发表的各种评论，以及随后补充的"哦，我不是说你，奥赛。你不一样"或是像"他虽然是黑人但是他很聪明"这种评论，以及他们无法理解为什么这么说是冒犯人的这一点。还有他更擅长运动的这个假设，因为黑人就是——你懂的——**天生如此**，还天生会跳舞，或是天生会犯罪。人们谈及非洲时仿佛它只是一个国家的论调。无法把不同的黑人区分开，所以，穆罕默德·阿里[1]和乔·弗雷泽[2]、蒂娜·特纳[3]和艾瑞

---

[1]　穆罕默德·阿里（Muhammad Ali, 1942—2016），著名拳击运动员，荣获世界多项重量级拳王荣誉。

[2]　乔·弗雷泽（Joe Frazier, 1944—2011），他是世界上第一个击倒拳王阿里的选手，前WBA（世界拳击协会）重量级拳王及前WBC（世界拳击理事会）重量级拳王。

[3]　蒂娜·特纳（Tina Turner, 1939—　　），瑞士籍美国歌手、演员。

莎·弗兰克林[1]，或者是菲利普·威尔逊[2]和比尔·科斯比[3]会被弄混——尽管他们一点也不相似。

比起对迪伊生气，他更生自己的气。有那么一会儿——一个上午——他放松了警惕，让自己认为她是不一样的，认为她是喜欢他这个人，而不是他所代表的东西——一个黑人男孩，充满异域风味，与众不同；一个未知的、待探索的领域。现在，他看着她从操场上向他走来，感觉到自己的感情在悲伤、愤怒和遗憾之间来回转换。如果他忽略伊恩说的，他能感觉到一些更积极的事情：感激她的关注，生理上的吸引力，因她对自己的兴趣而产生的兴趣。但是他怎么能忽略草莓笔袋呢？这个谎言改变了一切。他向迪伊敞开了心扉，但她已经不可信赖了。突然，他希望茜茜在家里，他可以跟她说："为什么黑人要如此受伤？"

"回非洲去吧，小弟弟，"她会这么回答，"那里黑人是常见的，白色肤色才被嘲笑。"这个提议很诱人。如果他要求去加纳的寄宿学校，他的父母可能会很高兴。

"嘿。"迪伊来到了他这边说道，她看起来很犹豫，又有点害怕。

奥把嘴巴扭曲成了一个丑陋的蔑笑。"你去哪儿了？"他质问道，听起来比他自己感觉到的要更专横。

"哪儿也没去。我只是……去失物招领处找了点东西。"迪伊

[1] 艾瑞莎·弗兰克林（Aretha Franklin，1942— ），美国著名歌手，曾在知名音乐杂志《滚石》（Rolling Stone）评选出的"史上最伟大的百名歌手"中排名第一，当选灵魂歌后。

[2] 菲利普·威尔逊（Flip Wilson，1933—1998），美国著名演员，以20世纪60年代至70年代《菲利普·威尔逊秀》等一系列电视节目而闻名。

[3] 比尔·科斯比（Bill Cosby，1937— ），著名演员，积极参加黑人社团的活动。

不太情愿地说，犹犹豫豫，看起来很痛苦。

"你丢什么了？"

迪伊短暂地犹豫了一下，他把一切都看在眼里，看着她试图想说出什么来，一切都写在她的脸上了。另一个谎言即将加入她的第一个谎言。

"一……一件卫衣。我想我是那天跳双绳的时候落在操场了。"

"你找到了吗？"

"没有。"

"可能你把它落在家里了吧。"

迪伊沉默了。

"你确定不是在找别的吗？"

迪伊呆住了："你是什么意思？"

奥赛朝体育馆旁的布兰卡和卡斯珀点了点头。她正坐在他的膝盖上，双手绕着他的脖子，一边聊天一边笑着。奥赛感觉到自己对他们幸福的嫉妒像锋利的尖刀，刺穿了自己的身体。

"他们怎么了？"

"看看布兰卡的背包。"

迪伊眯眼看了看："我不知道我应该看什么。"

在两人所在的地方很难看到笔袋，除非你知道你在看什么。"爬到最上面——你在那儿能看得更清楚。"奥赛开始往上攀爬。

迪伊在下面犹豫道："为什么你不干脆告诉我找什么呢？"

"上来。"奥赛坚持道。

她站在那儿，不愿上去。

迪伊开始爬了，缓慢而小心地爬着，直到她爬到了最上面，她坐在其中一根金属棒上，紧紧地抓着另外两根。"我四年级时有一次被困在这里了。布拉班特先生不得不把我抱下去。"她看起来有所期待，但是当奥赛什么也没说的时候，她感到很失望，"所以我为你爬上来可是很重要的一件事，"她补充道，"你想让我看什么？"

"那儿，看看布兰卡的背包口袋里是什么。那是你之前在找的东西吗？"

迪伊找了好一会儿，然后金属棒上的手抓得更紧了："它是怎么跑那儿去的？"

"你跟我说你是在吃午饭的时候落在家里了。"

"我以为是这样的。"

"是吗？真的？"

迪伊叹了口气："我不知道它在哪儿。"

"所以你对我撒谎。"

"我……我以为我会找到它的……我以为把它落在别处了，可以找到的。我不想跟你说，我不知道它在哪儿，而让你不高兴。"

"所以那就是你在失物招领处找的东西。"

迪伊点点头："我知道这是你姐姐的，如果我把它弄丢了，你肯定会不高兴。我想试着找到它，这样你就不用知道它曾经找不到了。"

有那么一会儿，奥赛相信她了。他想相信她，而且她看起来真诚而抱歉。然后他的眼角瞥到了一个动作——伊恩正和罗德坐在海盗船上，他们俩把腿悬在边上，来回晃荡着。

"或者，你是这么说的。"他继续说道。

"真的是这样！"

"那么，布兰卡是怎么拿到笔袋的呢？"

"我完全不知道。我们去问她。"

"我不需要——我已经知道了。她是从卡斯珀那儿得到的，而卡斯珀是从你这里得到的，你送给他的。你把我姐姐的笔袋给了另一个男生。"

"不是的！为什么我会把它给卡斯珀？"

"我不知道。为什么你会把它给卡斯珀？"

她看着他，一脸困惑，还有一丝对他卑鄙地把她刚刚说的话扔还给她的愤怒。如果他不是那么愤怒的话，他一定会为自己感到尴尬的。

"你在脚踏两条船，是吗？你和卡斯珀在一起了。"

"什么？！"

"可能今天以前就已经是这样了。可能每个人都知道，还会觉得你对黑人男孩撒谎很有趣。"他朝操场看去，操场已经变成了一个战场，充满了敌人。

"奥赛，不是的！"

"伊恩是唯一一个对我坦诚相见的人。至少他告诉我到底发生了什么。"

"伊恩？他……"迪伊的表情从难以置信变成了恍然大悟。她摇了摇头，"你知道，你不应该总是相信伊恩说的话。他说的话是为了自己的利益。"

"不要试图用抹黑别人来为自己辩解。"

"但是……"迪伊明显努力地振作了一下精神，"奥赛，我从来都没有和卡斯珀在一起过，"她小心翼翼地说，"我认识他一辈子了，但是没有对他有我现在……之前……不，就是对你的那种感觉。而且你看，"她朝卡斯珀和布兰卡指了指，"你可以自己看，他和布兰卡在一起。"

奥听着她结结巴巴地说完不同时态的动词，在开口说话前留出了一段沉默。"为什么你不停地跟我说那么多关于他的事情？"

"因为他可以是你的好朋友。他可以帮到你。伊恩说……"她停了下来。

"伊恩说什么？"

但是迪伊开始凝视着海盗船，伊恩和罗德正在上面悠闲地朝玩弹珠的男生们扔石子。

奥赛体内的愤怒再次涌起，他对她在重要的事情上分散注意力感到如此愤怒，以至于他想抓着她摇醒她。他开始伸过去抓她的手，但是迪伊已经在往下爬，到了下面的横档，所以刚好碰不到。"迪伊。"他说。

她继续往下爬，然后，等她到了地上，她开始向船上的伊恩大步走去。

"不要从我这儿走开，迪伊！"他喊道。

他的声调让男生们的视线离开弹珠而抬头，让女生们停止了跳双绳。他得到了他们的所有注意力，尽管他并没有要求这一点。但是既然他现在已经得到了，他可以用它惩罚她。

"别走开，"他重复道，这一次提高了他的声音，然后他加了一个他曾经听过但从来没想象过自己会用，或是知道该如何使用的词语，"婊子！"

这个词就像一声惊雷，响彻整个操场。任何一个之前没在听的人现在也都在听了。甚至是布兰卡和卡斯珀也从亲热中抽离，四下张望着。

迪伊站住了，身后的那只脚僵住了，她的单边马尾成了她背后的着重线。罗德从船甲板上跳了起来，但伊恩制住了他。

操场另一边，洛德小姐放下她的书。"我是不是听见……"她看起来很困惑，也很尴尬，因为孩子们转过来盯着她看。她大吸一口气，低着头，捡起了书。

"你们知道这个女生是个婊子吗？"奥赛说道，把他的话朝向他的观众们：玩弹珠的男生们、跳绳的女生们、卡斯珀和布兰卡、伊恩和罗德。这让他感觉充满力量，最终得到了恰如其分的注意力。他笑了，露出他侧面的牙齿，看起来像一只嚎叫的狼。"你们知道吗，她说她可以跟我发生关系，"他继续说道，再次提高了嗓门儿，"就像她和卡斯珀已经那样了！"

布兰卡一声惊呼，从卡斯珀膝盖上跳了起来，开始摇他的头。

迪伊缓缓地转过身，瞪大了眼睛，张大了嘴巴，浑身发抖着瞪着在攀爬架上方的奥赛。她掌心向上，伸出手哭喊道："为什么你要那样说？"

一阵内疚快速地穿过他的身体，但是大声说话以及被倾听的力量最终占了上风，彻底征服了他，奥赛几乎已经不知道自己在说什么了。"她甚至还摸过我的那里，她是如此地渴望它。所有白人女孩都如此渴望它。"

玩弹珠的男孩们喊了起来，然后爆发出紧张的笑声。跳绳的女生们集体惊呼了一声，迪伊的目光快速转移到了她们——她的团体身上。她们显然被震惊了，有几个女生用手捂住嘴巴，另外几个转身和旁边的人窃窃私语。随后她们开始偷笑——除了咪咪，她正摇着自己的头，仿佛是想驱赶一个不走开的蜜蜂。

那就是迪伊崩溃的时候。伴随着一声尖叫，她转身跑了起来，比奥赛所能想象的要更快，她的双脚踩在沥青地面上，踉踉跄跄地向朝马路开着的校门跑去，她最终把它打开了，跑了过去，并狠狠地把它摔上。她消失在街角的时候，罗德跳下船，踉跄地跟在她后面，不过迪伊已经领先他太多了，追不上了，于是他很快又转过了身。

她走了之后，操场变了，仿佛太阳被一团乌云遮住了。操场上的孩子们立刻开始聊了起来。

"我的天哪。先是卡斯珀，然后是迪伊。今天是怎么了？"

"你敢相信他说的话吗？"

"我信。"

"不！"

"我不介意。如果她摸一下我的那里。"

"闭嘴！"

"不，你闭嘴！"

"可怜的迪伊！"

"迪伊不会这么做的。对吗？"

"我不知道。今天早上她把手全都放在他身上了。"

"而且她午饭时亲了他——你看见了吗？"

"他们在沙坑那儿又在干吗呢？"

"她是有一点风骚，我一直都这么想的。"

"没错。"

咪咪站在跳绳的女孩子们中间，盯着奥赛看。布兰卡双手抱胸对卡斯珀大吼着。洛德小姐不再读书了，但是正犹豫地站着。在混乱之中，伊恩继续在船上休息着，面带微笑。

我要怎么跟茜茜解释这一切呢？奥赛想。她知道该对这些白人说些什么。"黑即是美。"他嘀咕道。他从来都没如此想要相信这句话过。

他希望他能把头放在他姐姐肩上放声哭泣。

*

当她盯着奥赛的时候，咪咪经历了一种似曾相识的感觉，那种仿佛已经经历过某些事情的感觉。这种感觉更像是熟悉的感觉，也是与现实世界脱离的一种感觉。有时候，咪咪一天会经历好几次这种似曾相识的幻觉，而且最近已经开始变得像她在颤颤巍巍地经历交织着缕缕现实的梦境。现在觉得自己已经体会到了迪伊蒙受羞辱的心情，以及新来的男孩在攀爬架上错误判断之下的得意扬扬——不过，当然了，她并没有经历过这些。迪伊以前从来没被羞辱过。奥赛也从来不是得意扬扬的。

她擦了擦脸，试图来清除她刚刚目睹的画面，然后走向了攀爬架。通过眼角的余光，她看见伊恩从船上闲荡了下来，她知道自己的时间不多了。

"奥赛，你为什么要撒谎？"她对他喊道，"你知道那不是真的。"

奥赛像一个新登基的攀爬架国王一样朝下看着她说："我知道我所知道的，我有证据。"

"什么证据？你会那样说迪伊，最好是对你有利的证据。"

"上来，你可以自己看。"奥赛朝操场边上的体育馆示意了一下。

咪咪皱了皱眉，不知道他是什么意思，但是又担心自己会看见证明他是正确的确凿证据。她不能忍受这一点。她和迪伊几乎做了一辈子的好朋友了，她不想发现自己其实根本不懂她的朋友。

但是好奇心，以及伊恩的逼近，促使她开始往上爬。咪咪才爬了六英尺高，正想问奥赛"我应该找什么"的时候，她感觉到有双手抓住了她的脚踝，然后一阵猛拉把她从攀爬架的横杆上拽了下去。她只在空中停留了一瞬间，就脖子朝地狠狠地摔了下去，涌向她整个身体的疼痛感是如此之强，以至于她都没感觉到她的头撞在了沥青地面上。眼前的星星爆炸了，像蝌蚪一样在眼前游来游去，然后她昏过去了一会儿。

当咪咪醒过来时，她的头很疼，比任何一种头痛都要更糟糕和更集中。她一动不动地躺着，勉强才能呼吸。疼痛太严重了，她甚至都不能喊或是哭出来，只能希望它会像海浪一样穿过她的身体并慢慢退下去。然后，她睁开双眼，发现伊恩正站在她旁边，面无表情，用最细微的动作摇着头，这个动作是只做给她看的。奥赛坐在高高的攀爬架上，他忧虑的面庞悬在伊恩上方，就像一轮黑色的月亮。"你还好吗，咪咪？"他喊道。

随后布兰卡把伊恩推到一边，跪在她身边，背包从肩膀上掉了下来，落在了咪咪旁边。"我的天哪，咪咪！"她喊道，双手捧着她的脸颊，"你死了吗？"同时卡斯珀推开伊恩说道："你那样做到底是想搞什么？"

咪咪的目光滑到了背包上和塞在外面口袋里的草莓笔袋。她屏蔽了周围的喧闹和尖叫，以便能够专心在离她的脸如此之近的草莓上。看见它们让她松了口气。它们没有出现在它们本该出现的地方，但是她不记得那是什么地方了。她闭了一会儿眼睛来回想。

"她死了！"她听见布兰卡在尖叫，"她正在我面前死去！就在这里！"咪咪没有睁开眼睛来安抚他们或是让布兰卡闭嘴，而是躺在黑暗中，驾驭着脉冲式的疼痛。

然后她听到了洛德小姐的声音，对孩子们喊着让他们退后，但是她被男孩子们的争吵声淹没了。

"你怎么能对咪咪这样？"卡斯珀喊道，"你伤害到她了！"

"放开你的手，浑蛋，"伊恩反驳道，"你凭什么当操场警察？况且，你还有脸说，罗德的眼睛都已经青了。"

"嘿，兄弟，我们看见你把咪咪拉下来了。你现在有大麻烦了。"

"比你还大的麻烦吗？你不是被停学了吗？如果我没记错的话，被停学的学生是不能出现在校园里的。你甚至都不应该在这儿。如果老师们看见你，他们会把你驱逐出学校的。你死定了，兄弟[1]，所以，帮我们大家一个忙，快滚出这里吧。"

愤怒，蔑视，恐惧，狡猾。闭着眼睛，咪咪的听力提高了如此之多，以至于她能够监测到伊恩试图把注意力转移到卡斯珀身上时语调中的每一个变化。而且，他正在咒骂，他以前从来不会这样。**为什么我以前会跟他在一起**？她想，**我们真是史上最不搭的一对情侣**。

"孩子们！停下来！布兰卡，到一边去。"洛德小姐现在也跪了下来，正在轻拍着咪咪的脸颊。

---

[1] 原文为西班牙语 amigo，有"朋友、密友"等意思。

她眨着眼睛，睁了开来。"她还活着！"布兰卡尖叫道。

"咪咪，你感觉怎么样？哪里疼吗？"

"我头疼，但是除了这之外，我什么也感觉不到了。"咪咪试着动一下腿，但是并不确定自己是否成功了。她整个人都僵住了。

"罗德，快去让杜克夫人叫救护车。"

洛德小姐让自己的声音保持冷静，但是咪咪能够听出她心底的慌张。"哦，理查德去哪儿了？他会知道该怎么做的！"

罗德正低头盯着咪咪。

"请快一点。"洛德小姐提高了嗓门儿，"快去！还有布兰卡，快去找到布拉班特先生，告诉他来这里。"

布兰卡和罗德清醒了一下，朝校门口跑了过去。

早前忽隐忽现的光晕又出现在咪咪的幻象里了，她知道自己正走向头疼的根源。她把目光对准还在攀爬架顶上的奥赛。他看起来糟糕极了，他深色的肤色闪耀着一种令人惊讶的灰色光泽。她并不知道黑人也会变得苍白。

丛林之王，她想，**但是，他是一个可悲的王。**

"奥赛，"她对他喊道，"这就是你想让我看的吗？"咪咪把头朝笔袋转去，尽管这很疼。

奥赛点了点头。

"咪咪，现在最好别说话，"洛德小姐打断道，"只要休息。"她又把嗓门儿提高了，"所有人——该回家了。还有卡斯珀，你在这儿干吗呢？你被停学了！"

但是没有人在注意她。

"你认为布兰卡是如何得到那个笔袋的？"咪咪说。

奥赛皱了皱眉："卡斯珀给她的，在迪伊把它给他之后。她也在和他交往。他脚踏两条船，就像迪伊一样。"

卡斯珀摇了摇头："不，兄弟，我不知道你在说什么。我没有和迪伊在一起，从来都没有。而且布兰卡也是一直这样说起这个笔袋的，她不愿意听我说的，这不是我给她的。"

伊恩也在摇头，对咪咪说道："别说。"

咪咪无视了他。他已经伤害到迪伊了。他还想怎么样呢？"奥赛，我敢打赌布兰卡是从伊恩那儿得到这个笔袋的，也是伊恩告诉她这是卡斯珀给她的。"

洛德小姐的目光在几个人之间转来转去。"你们在说什么呢？"她问道。

奥赛盯着咪咪："你怎么知道的？"

"因为是我把笔袋给伊恩。迪伊不小心把它弄掉了，我没有把它还给迪伊，而是交给了他。"

"可是为什么呢？为什么你要这样？"

"你们想知道咪咪做了什么吗？"伊恩开口了，"她可真是个小贱人。"

"伊恩！不许说这种话！停下来，你们所有人！噢，理查德在哪儿呢？杜克夫人在哪儿呢？我不知道该怎么办！"洛德小姐现在已经哭起来了。

"我把笔袋交给伊恩，是因为他想要，"咪咪只对着奥赛说，"而我是用它来让他跟我分手。否则我永远都摆脱不了他的控制，而我无法承受这一点。我很抱歉，"她补充道，"我不知道他会用它来对付你。"不过，就在她说这些话的时候，咪咪也知道自己在回避真相。她在把笔袋给伊恩的时候就知道，伊恩只会用它做坏事。

奥赛正盯着她。**我是不是连你也不能信？**他的表情说道。

咪咪眨着眼睛忍住眼泪，克服了自己被牵连进这件事的懊悔，这太不像自己了。她要学会忍受这些。

现在，奥赛把注意力转移到伊恩身上："为什么你要做这种事情？"

伊恩耸耸肩说："因为我做得到。"

洛德小姐一直听着孩子们的对话，仿佛她刚拿到了一道完全无法推解的数学题。"咪咪，这是谁的错？"她低声道。

"伊恩，"咪咪答道，"这都是伊恩的错。"

洛德小姐深吸一口气，抹了一下眼睛，站起来问道："伊恩，你想为自己说些什么吗？"

"没什么，我没什么好说的了。"伊恩绷紧嘴唇，以显示他不会再说一句话。他让咪咪想起了一个正在调皮捣蛋的时候被抓个正着的小男孩——一个流氓，她想道，整个人昏昏欲睡——闭着眼睛，想着如果自己看不见别人，或许别人也看不见自己了。他开始准备逃跑了，眼睛看看这里看看那里，仿佛是在寻找逃跑的路线。

一个成年人沉重的步伐朝他们踏来。"看在上帝的分儿上，这儿到底发生什么事情了？"在看到他之前，咪咪先听到了布拉班特先生的声音，"迪伊在哪儿？"

"她回家了，"卡斯珀答道，"我猜。"

"她还好吗？"

"应该吧。"

"你什么意思，'应该吧'？"

卡斯珀沉默了。

布拉班特先生咆哮的脸进入咪咪的视线的时候，上面的表情是咪咪见过的最可怕的。他几乎没有看地上的咪咪，就把他的愤怒转向了上面。"奥赛，你对咪咪做了什么？立刻给我下来！我警告你！"

他的话似乎并没有影响到奥赛：这个新来的男孩还是蹲在攀爬架的上方，冷漠地盯着他的老师。

救护车的警报声正逐渐接近。

"理查德，我不觉得——"

"你听到我说的话了吗，小子？"布拉班特先生怒火中烧，就像一颗要爆炸的灯泡，"从那儿下来，黑鬼！"

咪咪猛地抽了一下头——那是她唯一还能动的部位。她的父母教过她，你永远不能用这个词。绝对。永远。想都不能想。

听到这个词被布拉班特先生大声地说出来，其余学生都静止了，沉默了，震惊得僵住了——除了伊恩，他正继续从现场一点一点后退。

"住口！"洛德小姐喊道，涨红了脸，咪咪以为她在让伊恩停下来，但她还在继续说，"立刻住口！你**不能**说那种话，理查德。**不可以！**"

布拉班特先生似乎完全没有听到她说了什么，而是盯着奥赛。新来的男孩现在在移动了：不是爬下来，而是站了起来，在攀爬架最上方的杆子上保持着平衡，摇摇欲坠的样子。他松开双手，在操场上空摇摆着。然后他把手捏成一个拳头，高高地举起，在做这一切的时候，他都凶狠地低头瞪着布拉班特先生。咪咪以前看见过这个手势，在别处的一张照片里。

"你知道吗？"他说道，声音并不大，但依然有穿透力，"**黑即是美！**"

"奥赛，请你现在下来吧。"杜克夫人冷静而威严的声音从咪咪背后的某处传来，随之而来的还有她让人倒胃口的香水味，"我想我们这一天已经经历了足够多的闹剧了。"

奥赛看着她。"你希望我下来？"他答道，与她同样平静。

"是的，请你下来。"

他把目光移回到布拉班特先生身上。"**你**希望我下来吗？"他这句话稍微大声了一些。

虽然布拉班特先生依然盯着奥赛，但他还是点了点头。

"好的，我现在就下来。"奥赛举着拳头，开始来回摇摆。这是意外还是故意的呢？咪咪不确定。

"停下来！"布拉班特先生喊道，不过他现在肯定意识到自己的话是徒劳了。

咪咪想补充一句：**不要像我一样收场。**因为她已经不能移动她的双腿了。这一定是她在操场上的最后一天了。而伊恩——卡斯珀已经抓住他的手，阻止他逃跑了。伊恩肯定会被停学，也许比这更糟。而迪伊——在这一切以她的名义说出来的话和做过的事情以后，她还能回来吗？

只剩下奥赛了，这个国王在他的王座上摇摆着。你将要作出选择。你已经作出选择了，咪咪意识到。就在他坠下来之前，她听到洛德小姐喊道："奥赛，不要！"然后黑暗吞噬了她，整个画面变成了黑色。

新来的男孩

〔美〕特蕾西·雪佛兰 著
高翔 译

图书在版编目（CIP）数据

新来的男孩 /（美）特蕾西·雪佛兰 著；高翔译
. -- 北京：北京联合出版公司，2018.9（2018.11 重印）
ISBN 978-7-5596-2393-5

Ⅰ . ①新… Ⅱ . ①特… ②高… Ⅲ . ①长篇小说－美
国－现代 Ⅳ . ① I712.45

中国版本图书馆 CIP 数据核字（2018）第 172210 号

NEW BOY

By Tracy Chevalier

Copyright © Tracy Chevalier 2017
First published as NEW BOY by Hogarth
Simplified Chinese edition©2018 by
United Sky (Beijing) New Media Co.,
Ltd. in association with Penguin Random
House (North Asia).
All rights reserved.

北京市版权局著作权合同登记号 图字：01-2018-5153 号

选题策划	联合天际	
责任编辑	夏应鹏	
特约编辑	刘 默 王书平	
美术编辑	冉 冉	
封面设计	@broussaille 私制	

未读
—
文艺家

出 版	北京联合出版公司	
	北京市西城区德外大街 83 号楼 9 层 100088	
发 行	北京联合天畅发行公司	
印 刷	三河市冀华印务有限公司	
经 销	新华书店	
字 数	134 千字	
开 本	880 毫米 × 1230 毫米 1/32 6.25 印张	
版 次	2018 年 9 月第 1 版 2018 年 11 月第 2 次印刷	
I S B N	978-7-5596-2393-5	
定 价	55.00 元	

关注未读好书

未读 CLUB
会员服务平台